KB121952

사령왕
카르나크

사령왕 카르나크 10

2024년 3월 15일 초판 1쇄 인쇄
2024년 3월 20일 초판 1쇄 발행

지은이 임경배
발행인 김관영

기획 박경무 강민구 임동관 조익현
책임편집 백승미
마케팅지원 유형일 장민정

발행처 (주)로크미디어
출판등록 2003년 3월 24일
주소 서울시 마포구 마포대로 45 일진빌딩 6층
Tel (02)3273-5135 **Fax** (02)3273-5134
홈페이지 rokmedia.com **E-mail** rokmedia@empas.com

값 9,000원

ISBN 979-11-408-1410-7 (10권)
ISBN 979-11-408-1400-8 04810 (세트)

사령왕 카르나크

10

임경배 판타지 장편소설

CONTENTS

파괴신의 사도들

환술 영역이 사라지니 불의 악마들도 다시금 광장 안쪽으로 모이기 시작했다.

사령술사들과 악마 무리가 거리를 좁혀 온다.

카르나크 일행을 둘러싸고 거대한 포위망이 만들어진다.

이대로라면 광장에 갇혀 버리게 되는 꼴.

하지만 자리를 피할 순 없었다.

자신들이 포위망을 빠져나가면 악마들의 공세가 광장의 시민들에게 직격으로 가해지게 되는 것이다.

게다가 포위당한다 해서 썩 불리해지는 것만도 아니었다.

등 뒤에 시민들이 있으니 정면의 공세만 신경 쓰면 되니까.

'딱히 유리한 건 아니지만 썩 불리하지도 않은 정도인가?'

전황을 살피며 바로스가 전언을 날렸다.

[이쪽은 저와 레번 경이 맡죠. 세라티 경은 라피셀과 함께 반대쪽을 막아 줘요.]

[네!]

지시를 받은 세라티가 라피셀을 이끌고 광장 맞은편으로 향했다.

사령술사들 역시 둘로 갈라졌다.

"아서, 로버트. 자네들이 저 계집들을 맡게."

"알겠습니다, 알리스터."

바로스와 레번 쪽에 3명이 남고, 2명은 세라티와 라피셀 쪽으로 향했다.

저쪽은 여자와 아이, 이쪽은 성인 장정만 둘이니 강해 보이는 쪽에 좀 더 전력을 투입한 모양이었다.

사령술사 3명이 바로스와 레번 앞으로 나섰다.

우락부락한 덩치 하나, 날렵해 보이는 사내 하나, 그리고 멀대처럼 키만 큰 사내가 하나였다.

놈들이 두 사람을 위아래로 훑어보며 뇌까렸다.

"가소로운 놈들."

"귀찮게 만드는구나!"

"어차피 죽을 놈들이 왜 발버둥을 쳐서 쓸데없이 힘을 빼게 만드느냐?"

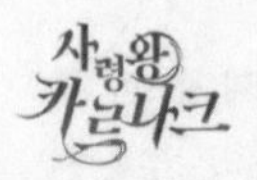

순간 레번은 당황했다.

'진심으로 하는 소린가, 저거?'

처음에는 도발로 이쪽을 흥분시키려는 건가 싶었는데, 그렇다기에는 자기들이 더 흥분하고 있다.

진심으로 '왜 쓸데없는 짓을 하느냐!'라며 화내고 있는 것이다.

어이가 없어 바로스에게 물었다.

"원래 사령술사들은 적반하장이 기본 탑재입니까?"

놀랄 것도 없다며 바로스가 고소를 지었다.

"적반하장 잘하는 인간일수록 고위 사령술을 익히기 쉬운 건 사실이죠."

도덕, 윤리, 양심.

이 모든 것은 진정한 사령술을 익히는 데 있어 불순물일 뿐.

"보면 알잖아요?"

"하긴, 보면 알겠군요."

굳이 주어를 언급하지 않았지만 누굴 말하는지야 뻔하지.

사령술사 중 덩치가 큰 자와 날렵한 체구, 2명이 동시에 검을 뽑아 들었다. 칠흑의 섬광이 칼날 위를 덮어 갔다.

웅웅웅웅!

검은 투기의 파문이 퍼져 나가 공기를 뒤흔든다.

"암흑투기?"

익숙한 빛이었다. 바로스가 인상을 썼다.

"다크 나이트였나……."

외침과 함께 사령술사들이 몸을 날렸다.

"우리의 신, 테스라낙의 이름으로!"

"이교도들을 처단하노라!"

광장 맞은편의 세라티와 라피셀.

이들을 상대하는 사령술사들 역시 태도는 하등 다르지 않았다.

"어리석은 이교도들, 죽으라면 순순히 죽을 것이지……."

"통탄스럽구나. 그릇된 여신을 섬기는 것들이 어찌 하찮은 삶에 연연한단 말인가?"

이놈들도 진심으로 왜 알아서 죽지 않느냐며 투덜대고 있는 것이다.

참으로 기가 막히는 놈들이다.

흥분한 얼굴로 라피셀이 세라티를 돌아보았다.

"정말 어이가 없네요. 그렇죠, 언니?"

세라티는 태연했다. 전혀 흥분하지 않았다.

"뭐랬는데?"

"아……."

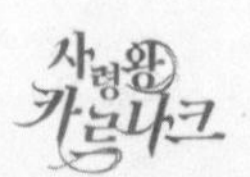

그렇다.

못 알아듣는다.

랄폰어로 열심히 떠들어 대고 있으니까.

멀뚱멀뚱한 세라티의 태도에 사령술사들이 뭔가를 또 떠들어 댔다.

이번에도 꽤나 사령술사다운 사악한 소릴 한 것 같았다.

라피셀의 반응이 그랬거든.

"저, 저 인간 같지도 않은 놈들!"

하지만 세라티에겐 그냥 시끄러운 소음일 뿐이었다.

뭔가 열심히 도발을 하는 것 같긴 한데, 알아들을 수가 있어야지?

'모르겠다. 그냥 싸우자.'

욕을 해도 알아듣질 못하니 마음이 평온하도다.

투기검을 뽑아 들며 세라티가 몸을 날렸다.

"타아앗!"

사령술로 얻은 유사 투기를 사용하는 어둠의 오러 유저, 다크 나이트.

두 암흑 기사들이 검은 투기를 길게 드리우며 바로스와 레번의 좌우로 날아든다.

"죽어라!"

"이교도들!"

바로스도 곧바로 반격에 나섰다.

청색의 투기검이 춤을 추며 암흑투기와 충돌했다.

검고 푸른 빛이 주변을 물들이며 굉음을 떨친다.

쿠웅!

순간 바로스가 손목을 틀었다.

"헙!"

상대의 칼날을 타고 올라가며 몸통을 베어 버릴 생각이었다.

그런데, 놈이 바로 반응하며 검술을 바꾸는 것이 아닌가?

'어?'

검은 기류가 오묘한 궤적을 남기며 바로스의 검광을 가로막았다.

수차례의 공방이 이어졌다. 투기와 투기가 연신 부딪치고 또 부딪쳤다.

바로스의 안색이 굳었다.

'이거, 그냥 다크 나이트가 아니잖아?'

원래 다크 나이트는 오러를 각성하지 못한 기사들이, 그래도 오러를 손에 넣고 싶어 타락하는 경우가 대부분이다.

그런데 이들은 달랐다.

투기를 다루는 솜씨가 예사롭지 않다.

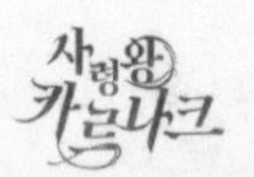

레번의 상대는 적색급, 바로스의 상대는 거의 청색급에 다다른 수준이다.

검술 역시 마찬가지.

대부분의 모험가들이 그렇듯 잡다한 검술 중 필요한 것만 따로 익혀 구사하고 있지만, 확실히 실전에 바탕을 두고 있다.

이 정도로 노련하게 투기 운용을 할 수 있는 경우는 하나뿐이었다.

'오러 유저 출신이다!'

이미 경지에 도달한 오러 유저가, 사령술의 힘으로 암흑투기를 부여받은 것이다.

어이가 없어 바로스는 혀를 찼다.

'아니, 오러 유저가 뭐가 아쉬워서 자꾸 사령술을 익히는 거야?'

하지만 생각해 보면 이상할 것도 없었다.

예전과 다르게 지금은 오러 유저도 사령술로 더욱 강해질 수 있으니까.

기운이 섞일 수 있다는 것만으로 많은 것이 달라졌다.

"테스라낙이시여! 이 몸을 보우하소서!"

기도문을 읊으며 상대는 계속 암흑투기를 휘둘러 댔다.

말하는 것만 보면 정신이 나가도 한참 나간 것 같은데 검술은 또 정교하기 그지없었다.

게다가 투기의 위력도 저쪽이 한 수 위.

경지는 청색급일지라도 암흑투기를 추가로 부여받았으니 파괴력만큼은 거의 자색급에 필적한다.

검력에서 밀린 바로스가 연신 뒷걸음질을 쳤다.

“크! 으윽!”

레번 쪽도 상황은 비슷했다.

바로스의 상대보다 한 수 처지긴 했지만, 레번도 한 수 처지긴 마찬가지니까.

붉은 오러와 칠흑의 투기가 연신 교차한다. 그때마다 계속 밀린다.

‘젠장, 검술은 별거 없는데 투기의 위력 차이가…….’

적색급 오러 유저가 암흑투기를 얻었으니 마찬가지로 위력만큼은 청색급에 필적하는 것이다.

이제 갓 오러를 익힌 레번에겐 아무래도 짐이 무거울 수밖에 없었다.

그렇게 사투를 벌이는 이들 너머로 멀대처럼 키가 큰 사령술사가 양손을 치켜든다.

“오라, 어둠의 경계 저편에서 죽음을 사르는 이들이여…….”

암울한 그림자가 깃든 눈동자 위로 네 줄기 암흑이 피어올랐다. 그리고 저마다 형체를 갖추기 시작했다.

어두운 머리칼을 흩날리며 허공을 유영하는 광채 없는 어둠의 악령, 스펙터였다.

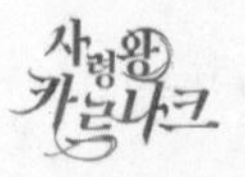

"서늘한 공포를 이 땅에 드리워라!"

네 마리의 스펙터가 사신의 낫을 치켜들고 흉측한 아가리를 찢어질 듯 벌렸다.

섬뜩한 귀곡성이 메아리쳤다.

으아아아아!

레번이 질린 표정을 지었다.

'맙소사…….'

어지간한 사령술사가 3~4명씩 힘을 합쳐야 겨우 소환할 수 있는 저 강력한 마물을 혼자서 네 마리씩이나 불러내?

바로스도 인상을 구겼다.

이제까지 만난 사령술사들 중 제일 센 놈들이었다.

'만만치 않군, 정말…….'

세라티와 라피셀이 상대하는 사령술사들은 바로스 쪽과 부류가 달랐다.

오러 유저가 아니라 마법사 출신이었던 것이다.

둘 다 5서클 마법사였다가 사교도가 된 경우였다.

우선 지팡이로 땅을 내려치며 사령술을 펼친다.

"죽음의 그늘을 드리워……."

"지옥의 열기를 이 땅으로 끌어 올리리라!"

강대한 기운이 주위 악마들을 뒤덮었다.

소환된 초열지옥의 악마들에게 권능을 부여해 강화시킨 것이다.

2배나 커진 불의 악마들이 끔찍한 괴성을 터트리며 돌진해 왔다.

"크아아아아!"

그리고 곧바로 이어지는 마법 주문.

"에너지 볼트!"

"플레임 스트라이크!"

소환체를 먼저 보내 적의 움직임을 봉쇄한 뒤 강력한 파괴 마법으로 마무리하는 것이 이들의 필승 패턴이었다.

"에잇!"

기합을 토하며 라피셀도 몸을 날렸다.

붉은 검광이 악마들의 거체를 두들겼다.

하지만 베어 내지는 못했다.

곧바로 파괴의 섬광이 따라온 탓에 그걸 피하는 게 우선이었다.

콰아아앙!

빗나간 마법이 광장 한쪽에 커다란 폭발을 일으켰다.

옆으로 빠져나가며 라피셀은 혀를 찼다.

'쳇!'

강화된 악마들의 공세가 만만치 않았다.

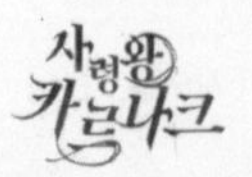

공격 자체는 뻔해서 쉽게 피할 수 있다. 하지만 워낙 빠르고 단단해 반격을 해도 큰 피해를 주기가 어렵다.

적색급 오러 유저의 한계였다.

반면 세라티는 꽤나 느긋한 표정이었다.

'공격이 뻔하니 피하기도 쉽네.'

물론 그녀가 상대하는 악마 역시 빠르고 단단하긴 마찬가지다.

하지만 이젠 세라티도 청색급 오러 유저인 것이다.

똑같이 빠르고 단단하다!

"이 정도쯤이야!"

그녀는 푸르른 검광을 전신에 두른 채 불타는 광장 위를 길게 누볐다.

순식간에 주위의 악마들이 깍둑썰기를 당해 비명과 함께 무너져 내렸다.

"크아아악!"

"커억!"

쓸려 가는 악마들을 본 사령술사들이 경악해 외쳤다.

"처, 청색급 오러 유저라고?"

"고작 여자 주제에?"

확실히 바로스 쪽에 비하면 세라티 쪽이 상대하는 놈들은 비교적 수준이 낮았다.

원래 사령술사들은 힘을 너무 추구하다 타락하는 경우가

많다.

그리고 힘만을 추구하는 놈들은 대부분 마초 성향이 강하다.

저쪽은 강해 보이는 단련된 사내가 둘인데 이쪽은 1명은 여자, 다른 1명은 여자에 아이이기까지 하니 겉모습만 보고 얕본 것이다.

"고작 여자 주제에 왜 이렇게 세단 말이냐!"

상대의 외침에 발끈하며 라피셀이 쌍심지를 켰다.

"뭐? 고작 여자?"

이번엔 세라티도 초급 랄폰어 서적 덕분에 조금 알아들었다.

'여자'란 단어와 '세다'라는 단어만 간신히 알아들어서 문제지만.

"헤, 그래도 강한 여자 취급은 해 주나 보네?"

"언니, 그거 아닌데요……."

좋다고 히죽 웃는 세라티를 보며 라피셀이 멍한 표정을 지을 때였다.

"제길, 이렇게 된 이상!"

사령술사 한 놈이 지팡이를 내던지고 두 손을 번쩍 들었다.

"오라! 대지의 혼이여! 죽음을 입고 이 땅에 서라!"

땅이 갈라지며 새까만 골렘 하나가 솟구쳤다.

마법의 골렘 위로 사기와 탁기가 흐르는 형태, 마법과 사령술의 융합체였다.

마법과 사령술이 융합되어 있다니, 예전 같았으면 모두가 경악했을 것이다.

하지만…….

"워낙 자주 본 건데, 뭘?"

태연하게 세라티는 마저 오러를 날렸다.

청색의 투기검이 소환된 골렘의 가슴을 강타했다.

콰쾅!

폭음과 함께 골렘이 휘청거리며 사방으로 파편이 튀었다.

하지만 무너지진 않았다.

'이번엔 좀 단단하네.'

별생각 없이 추가타를 날리려 할 때였다.

갑자기 골렘이 오른손을 쳐들었다.

시꺼먼 손아귀에서 청색의 검광이 솟구쳤다.

웅웅웅웅!

세라티가 흠칫 놀라 눈을 치켜떴다.

"……투기검이라고?"

심지어 그냥 투기검도 아니었다.

골렘이 한발 앞으로 나서며 푸른 검광을 길게 내리그었다.

그녀의 안색이 굳었다.

방금 자신이 펼친 검술과 완전히 똑같은 동작이다.

"설마 내 기술을 훔쳐 간 거야?"

새까만 골렘이 푸른빛의 검을 쥔 채 육중한 발걸음을 옮긴다.

쿵, 쿵, 쿵쿵쿵!

이를 악물며 세라티가 앞으로 튀어 나갔다.

"말도 안 돼!"

정단의 자세를 취하며 강렬한 내려치기를 날린다. 푸른 오러의 칼날이 어둠을 화려하게 불사른다.

그리고, 골렘의 청색 칼날에 가로막혔다.

콰앙!

폭음과 함께 그녀는 뒤로 물러섰다. 그리고 망연자실한 표정을 지었다.

단순히 위력만 비슷한 게 아니다. 골렘의 자세마저 마치 거울에 비친 것처럼 자신과 똑같다.

'정말 내 기술을 복제한 거야? 사령술은 그런 것도 가능해?'

골렘을 소환한 사령술사가 통쾌해하며 외쳤다.

"그대의 투기검, 잘 받았다! 하하하핫!"

골렘이 계속 공세를 펼쳤다.

똑같은 위력의 동일한 검술이 몇 차례나 오고 갔다.

아니, 위력이 완전히 똑같진 않다.

푸른빛의 칼날이 서로 충돌할 때마다 골렘이 쥔 빛의 검이 더더욱 커진다.

"계속 오러를 날려 봐라! 모조리 흡수해 이쪽의 힘으로 바꿔 줄 테니!"

아쉽게도 의기양양한 사령술사의 외침은 세라티에게 닿지 않았다.

"아까부터 말하지만 못 알아듣는다고!"

하지만 상황은 쉽게 파악할 수 있었다.

'이래서야 함부로 공세를 가할 수도 없잖아?'

어찌할 바를 몰라 세라티는 주춤거렸다.

기세에서 밀리니 골렘의 공세도 더욱 격해졌다.

골렘의 칼날이 연신 그녀의 급소를 노리고 날아든다.

"윽!"

섬뜩한 예기가 어깨를 노릴 때였다.

"에잇!"

등 뒤에서 날카로운 기합이 터지며 붉은 검광이 골렘의 좌측을 강타했다.

폭발과 함께 골렘의 움직임이 일순 멈췄다.

콰앙!

내내 기회를 노리던 라피셀이 골렘의 빈틈을 공략한 것이다.

"라피셀?"

놀란 세라티가 그녀를 만류했다.

"함부로 공격하지 마! 놈은 우리 투기를 흡수한다!"

과연, 물러선 골렘의 왼손에 붉은빛의 검이 솟구쳤다. 방금 라피셀이 날린 붉은 투기검과 똑같은 형상이었다.

"저거 봐! 함부로 공격하면 저놈이 또……."

"아니에요!"

라피셀이 세라티의 말을 끊었다.

"속임수예요! 그냥 사령술로 겉모습만 비슷하게 만든 것일 뿐이라고요!"

"뭐?"

"공격을 당할 때마다 상대의 힘을 흡수한다? 그런 엄청난 능력이 있는데 왜 다른 사람의 부하로 지내고 있겠어요?"

단언하며 눈을 가늘게 뜬다.

"심적으로 위축시키려는 허세일 뿐이에요. 사령술사들이 자주 하는 짓거리죠."

그제야 세라티도 정신을 차렸다.

생각해 보니 라피셀 말이 옳았다.

"그러네. 정말 그 정도로 엄청난 능력자라면 저렇게 똘마니로 지내고 있지도 않겠지?"

사실 골렘을 소환한 사령술사가 똘마니로 치부당할 정도로 낮은 지위는 아니다.

무려 검은 신의 교단, 3성인 중 1명인 제덱스의 직속 수하가 아닌가? 이제껏 만난 그 어떤 사교도보다 높은 신분이다.

그러니 세라티의 조롱에 응당 발끈해야 할 터이지만…….

"뭐라는 거지?"

이솔라어 못 알아듣기는 이쪽도 마찬가지라 별 반응은 없었다.

하여튼, 냉정을 되찾은 세라티가 다시 몸을 날렸다. 라피셀도 재빨리 그녀의 뒤를 따랐다.

두 사람이 골렘의 좌우를 연신 오간다. 붉고 푸른 투기검이 허공 가득 빛의 궤적을 수놓는다.

골렘 역시 붉고 푸른 검광으로 맞선다.

칼날과 칼날이 충돌하고, 힘과 힘이 격돌한다.

얼핏 아까와 비슷해 보이는 상황.

하지만 이제는 세라티의 반응이 달랐다.

흡수해? 응, 해.

난 계속 베고 또 벨 거야!

눈앞의 골렘이 뭔 짓을 하건 무시하고, 순수한 파괴의 공세만을 펼친다!

콰콰콰쾅!

변한 둘의 대응에 사령술사의 표정이 구겨졌다.

'제길, 눈치챈 건가…….'

결국 골렘의 검이 도로 작아지기 시작했다.

초반엔 둘의 투기를 흡수하는 척 위력을 키웠지만 한계가 온 것이다.

이 좋은 기회를 놓칠 만큼 두 사람은 어설프지 않았다.

날카로운 기합이 동시에 터졌다.

"타아아앗!"

"에잇!"

교차한 두 줄기 투기검이 골렘을 네 조각으로 박살 냈다.

요란한 소리와 함께 무너지는 골렘의 파편 너머로, 사령술사가 한껏 오만상을 찌푸리며 물었다.

"어떻게 알았지? 이는 우리 교인들 중에서도 아는 사람이 거의 없는 비전의 술법이거늘……."

세라티야 랄폰어를 모르니 그냥 무시하고 검을 겨눴다.

하지만 라피셀은 상대의 말을 알아듣는다.

'어떻게 알았냐고?'

순간 가슴이 철렁했다.

그러게?

어떻게 알았을까?

어떻게 제국의 일개 농노 출신인, 아직 10대 중반에 불과한 소녀가 너무나 당연하다는 듯 사령술에 대한 지식을 펼쳐 놓을 수 있었을까?

'나, 난 대체…….'

문득 희미한 환청이 뇌리 너머로 가냘프게 울렸다.

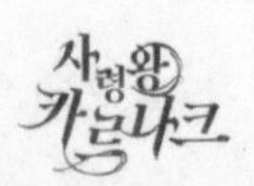

-라피셀 님, 살려 주세요!

-구해 주세요, 라피셀 님!

아까 겪었던 환상 속의 목소리였다.

하늘 가득 회색 재 가루가 흐느끼듯 날아다니는 밤의 광장.

불타는 악마 무리와 시민군이 거리를 벌린 채 대치 중이었다.

대열을 갖춘 채 서로를 향해 창과 검을 겨눈다. 그 상태로 광장 한복판에서 벌어지는 전투를 지켜본다.

사령술사들은 실로 노련하게 바로스와 레번을 몰아붙이고 있었다.

네 마리 스펙터가 허공을 날아다니며 검은 손톱을 내려친다. 칠흑의 검이 춤추듯 휘둘리고 육중한 신체가 깃털처럼 사방을 누빈다.

하지만 바로스와 레번도 밀리지 않았다.

위태로울 때마다 절묘한 타이밍에 빠져나와 예리한 반격을 가한다.

검고 붉고 푸른, 온갖 종류의 투기가 광장 곳곳에 나부낀다.

연신 광풍이 불어닥쳐 닿는 모든 것을 박살 내 버린다.

콰콰콰콰쾅!

휘말리는 것만으로 목숨을 잃을 정도라 시민군은 물론이고 악마들조차 함부로 다가갈 수 없는 격렬한 전투였다.

"테스라낙 님께 그 목숨을 바쳐라!"

커다란 덩치의 암흑 기사가 예리한 참격을 길게 내리쳤다.

쇄도하는 참격을 차분히 튕겨 내며 바로스는 고민했다.

'어쩌지?'

상대의 실력은 분명 청색급이었다. 하지만 암흑투기 때문에 검의 위력이나 움직임 등은 자색급에 필적했다.

'이대로는 이기기 힘들겠는데.'

사실 못 이길 것은 없었다.

무리를 좀 해서 자색급으로 경지를 올리면 된다.

'하지만 그러고 나면 제덱스를 상대하기가…….'

아직 진짜 목표는 만나지도 못했다.

이쪽이 찾아가건 저쪽이 튀어나오건 간에, 제덱스 얼굴도 안 보고 끝낼 생각은 전혀 없다.

그런데 경지를 억지로 올리는 건 은근히 부작용이 있는 것이다.

물론 대단한 부작용이라 할 정도는 아니다. 기껏해야 미세하게 감각이 틀어지고 근육통 빡세게 오는 정도?

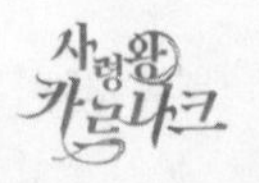

하지만 전투에 영향을 끼칠 수준인 건 분명했다.

약자들을 학살하는 경우라면 큰 문제가 없겠지만 진짜 강적과 싸울 경우라면 꽤나 지장이 생길 터.

'그래서 적당히 시간 끌다가 도련님한테 떠넘길 생각이었는데.'

그러자니 저 스펙터를 다루는 사령술사가 의외로 만만찮다.

"가라, 어둠의 망령이여!"

놈은 안전하게 뒤로 물러선 채 기세등등하게 스펙터만 계속 보내고 있었다.

일대일이라면 어렵지 않게 해치울 수 있는 스펙터지만 암흑 기사들과 정신없이 싸우는 도중에 계속 뒤통수를 맞으니 이 또한 집중력을 갉아먹는다.

'아, 진짜 어쩌지? 그냥 이 자리부터 해결하고 봐?'

그렇게 바로스가 고민하던 중이었다.

레번을 상대하던 암흑 기사가 혀를 내둘렀다.

"흥! 오러는 별 볼 일 없는 놈이 검술만큼은 보통이 아니구나!"

아까부터 오러의 위력으로는 레번을 압도하면서도, 검술의 정교함에서 밀려 자꾸 결정타를 놓치고 있었다.

그럴 만했다.

레번은 자신보다 강력한, 하지만 검술은 자신만 못한 오러 유저와의 싸움 경험이 꽤나 풍부한 것이다.

딱 세라티가 저런 타입이 아닌가?

레번이 콧방귀를 뀌었다.

"내가 대단한 게 아니라 그쪽 검술이 근본이 없는 거겠지!"

암흑 기사가 발끈했다.

"……내 검술이 근본이 없다고?"

사실이긴 했다.

그는 대부분의 모험가들처럼 온갖 검술을 접하며 오러 유저가 된 케이스였다.

이게 좋게 말하면 다양한 검술인데, 나쁘게 말하면 잡다한 검술이다.

그리고 사람은 원래 사실을 지적당했을 때 제일 발끈하기 마련.

"그렇다면 정통 검술의 힘을 보여 주마!"

암흑 기사가 양손으로 장검을 굳게 쥐고 상대를 겨눴다.

레번이 눈을 동그랗게 떴다.

"어, 그거……."

꽤나 유명한 검술의 기수식이었다.

"후후후후."

회심의 미소와 함께 암흑 기사가 외친다.

"보았느냐? 델피아드 검투술! 무왕 갤러드의 비전 검술이

니라!"

멀리서 상황을 살피던 바로스의 표정도 미묘해졌다.

'어, 그러니까…….'

지금 레번 스트라우스 앞에서 델피아드 검투술을 펼치겠다는 건가?

무왕 갤러드의 아들로 태어나 평생 저 검술을 익힌 인간 앞에서?

"저런."

그리고 잠시 후.

"저도 가세하겠습니다!"

검에 묻은 피를 털어 내며 레번이 바로스 쪽으로 달려왔다.

델피아드 검투술 펼친 암흑 기사는 어찌 됐냐고?

모가지가 동강 잘려서 바닥에 데굴거리고 있었다.

하필 원조 앞에서 설치다가 대차게 카운터 맞고 일격에 사망한 것이다.

'쯧쯧, 차라리 쓰던 검술 계속 썼으면 저렇게 쉽게 당하진 않았을 텐데.'

적인데도 불구하고 안쓰러울 지경이었다.

"……루카스!"

동료의 죽음을 본 암흑 기사가 포효를 터트렸다.

"세상에서 제일 비참하게 죽여 주마! 이 빌어먹을 놈드으

으을!"

분노에 찬 상대를 마주하며 바로스는 한가하게 웃었다.

'아, 역시 무리 안 하길 잘했네.'

부하들의 실력을 보면 수장의 능력을 알 수 있는 법.

워레인은 실로 강력한 사령술사였다.

"일어나라! 지옥의 아이들아!"

무수한 악령이 허공을 가득 채우고.

"뒤덮어라! 심연의 권세여!"

끔찍한 촉수가 대지를 뒤덮어 간다.

"만물의 죽음 앞에 무릎 꿇어라!"

손짓 한 번, 외침 한 번마다 정교하고 위력적인 사령술이 연달아 튀어나오고 있었다.

검은 신의 교단 내에서도 상당한 고위직이 분명했다.

계속 워레인의 사령술을 막아 내며 카르나크는 차분히 정황을 살폈다.

놈이 펼친 사령술이 아무리 대단해도 막아 내는 것 자체는 그리 어렵지 않다. 어차피 다 아는 것이니까.

하지만 막상 파해하려 하니 쉽지 않았다.

'누군가가 술식 위에 파해 방지 술법을 덮어 놓았는데?'

그것도 그가 사용하던 방식을 정확히 노려 만든 방어 수법이었다.

지금 워레인이 펼치는 사령술은, 예전처럼 하급 결계 대충 덮어서 혼선 일으키기가 통하지 않는다.

'보아하니 모든 사령술에 전부 파해 방지를 할 수는 없는 모양이지만.'

간접 사령결계까지는 무리고, 직접 시전하는 부류의 사령술만 파해 방지를 걸 수 있는 것 같았다.

'하긴, 간접 사령결계까지 가능했다면 굳이 화재 일으킬 필요도 없었겠지.'

어쨌거나 이는 실로 사령술에 대한 깊은 이해가 있어야 가능한 수법이었다.

워레인 같은 놈은 물론이고, 제덱스나 엘레자르라도 가능한 일이 아니다.

혹시나 싶어 은근슬쩍 떠보았다.

"테스라낙이 죽음의 신이긴 한 모양이군? 이런 식으로 사법의 대속자를 막아 내다니."

워레인이 의기양양한 얼굴로 대꾸했다.

"그분의 위대함이 이제야 느껴지느냐? 하지만 이제 와서 빌어 봐야 늦었다!"

만족스러운 대답이었다.

'테스라낙이 손댄 거 맞구만.'

누가 광신도 아니랄까 봐 테스라낙에 대해 언급만 해도 발끈하며 받아치는 것이다.

'마침 잘됐다.'

카르나크의 입가에 사악한 미소가 걸렸다.

'이참에 정보를 좀 끌어내 봐야겠어.'

워레인의 뱀 지팡이가 두 눈을 붉게 물들였다.

"흐르는 피여, 어둠이 되어 저주의 비를 뿌려라!"

먹구름이 피어올라 카르나크의 머리 위를 장악했다.

이내 칠흑의 비가 쏟아진다. 폭우가 대지를 적시고 광장 바닥을 타며 흐른다.

마나 실드를 펼쳐 막아 내며 카르나크는 안색을 굳혔다.

'역시 이거, 은근히 튀는 게 많단 말이지.'

우산으로 비 막을 때와 똑같다.

아무리 우산을 잘 들어도 몸이 젖는 것을 완전히 막을 수는 없는 노릇이다.

가랑비에 옷 젖듯, 자잘한 저주를 비처럼 뿌려 서서히 영혼을 잠식하는 방식의 사령술이었다.

그가 왕년에 종종 애용하던 수법이기도 했다.

'내가 쓸 땐 좋았는데 당하는 입장이 되니 짜증 나네.'

여전히 파해는 잘되지 않는다. 하지만 그럭저럭 버텨 낼 순 있다.

적당히 방어하며 뒤로 물러선 뒤, 슬슬 작업에 들어갔다.

일단 놀란 표정 지어 주고.

"대단한 수법이군."

곧바로 감탄하는 어투로 묻는다.

"이것도 테스라낙이 가르쳐 준 사령술인가?"

섬기는 신의 위업을 적이 인정했으니, 신도로서 어찌 기쁘지 아니할쏜가?

워레인이 의기양양하게 외쳤다.

"그분께서 내리신 지혜가 얼마나 심오한 것인지 이제야 알겠느냐?"

"그거 신기하군."

카르나크는 예전에 테스라낙으로 추정되는 존재와 마주한 적이 있다.

시공 너머의 공허에 머물며, 카르나크가 버린 죽음의 권능 아스트라 슈나프와 융합되어 스스로를 테스라낙이라 칭했던 정체불명의 존재.

그가 지상의 사교도와 접촉했던 것일까?

'이론상 시공 너머의 공허에선 현세 쪽으로 손이 닿지 않는데.'

반대의 경우는 간신히 가능하지만 난이도가 너무 높다.

카르나크의 공허 탐지 술법도 지나치게 높은 정밀도를 요구해서 자신 외에는 아무도 따라 할 수 없었다. 심지어 3인의 대마법사들조차.

'하지만 다른 방법이 개발되지 않았으리란 법도 없지?'

마저 캐내어 봐야겠다.

"그 동네 신은 신도랑 자주 떠드나 보네?"

워레인의 표정이 일그러졌다.

"뭣이?"

"아니, 여신들은 선택받은 귀한 분들에게만 신탁을 내리잖아. 그런데 그 동네 신은 아무에게나 막 지혜를 남발하나?"

대놓고 무시하는 듯한 말투였다.

이걸 듣고도 감흥이 없다면 광신도의 자격 또한 없으리라.

"네놈이 감히 죽음의 신을 능멸하느냐!"

"테스라낙이 아니라 당신을 능멸한 건데? 댁 정도 수준으로 신에게 직접 지혜를 전수받는 건 좀 이상하지 않아?"

계속해서 상대를 긁어 댄다.

"아니면 테스라낙이란 신 자체가 워낙 싸구려인가? 그래서 아무에게나 막 응답하시는 거야?"

"그럴 리가 있겠느냐!"

워레인이 쌍심지를 켰다.

"이는 우리의 성인께서 그분께 받은 지혜! 나는 그저 그 힘을 전해 받았을 뿐이다!"

카르나크는 내심 웃었다.

이걸로 엘레자르와 드렐타인, 제덱스에게 공허 저편과 연락을 취할 수단이 있다는 것이 확인됐다.

다음으로 확인해야 할 건 그 수단의 난이도.

"오, 그럼 그 성인이란 작자랑은 항상 수다 떠나 보지? 여전히 싸구려인데?"

"무엄한 놈! 위대한 존재를 네 하찮은 기준으로 재단하지 마라!"

자신을 능멸하는 건 용납할 수 있다.

하지만 위대한 죽음의 신께는 일말의 무례도 용납할 수 없음이니!

"인간이 그분께 지혜의 작은 편린이나마 얻기 위해서 얼마나 많은 대가를 치러야 하는지 아느냐?"

'과연, 걔들도 굉장히 제한적으로만 접근할 수 있다 이거군.'

테스라낙 욕만 좀 하면 바로바로 정보가 튀어나오니 참 편하다. 게다가 정작 워레인 본인은 정보 노출한 줄도 모르고 있다.

'이 정도면 알아낼 건 대충 알아냈고…….'

완드를 허리에 도로 찬 뒤 카르나크가 품속에 손을 집어넣었다.

'슬슬 본론으로 들어가야지.'

오른손에 각진 물체가 잡혔다.

윤기가 흐르는 칠흑의 표면을 지닌 정육면체였다.

"사령술사인 척하는 건 여기까지다!"

어둠을 파고들어, 죽음의 결을 스쳐 지나가며, 집중된 일검을 뻗어 낸다.

"헙!"

짧은 기합과 함께 인간의 머리통이 몸통과 분리됐다.

골렘을 소환해 술수를 부렸던 그 사령술사였다.

"……끄, 끄으……."

비명조차 제대로 지르지 못한 채 상대가 피를 뿌리며 쓰러진다.

사령술사의 목을 베어 낸 세라티가 호흡을 고르며 다른 한 놈을 노려볼 때였다.

"후우……."

문득 광장 저편에서 카르나크의 외침이 들려온다.

"사령술사인 척하는 건 여기까지다!"

쩌렁쩌렁 울릴 정도까진 아니더라도, 오러 유저라면 충분히 들을 수 있는 수준이었다.

"……?"

세라티는 의아해했다.

아무래도 일부러 목청을 키운 느낌이었다.

'저 양반이 왜 갑자기 꽥꽥거리지?'

이어진 라피셀의 말을 듣고서야 이유를 깨달을 수 있었다.

"역시 사법의 중개자였구나? 그럼 그렇지."

그렇게 대놓고 사령술을 펑펑 쓰더니, 뒤늦게 라피셀 눈치를 본 모양이었다.

'요샌 눈치 자주 보시네? 웬일이래?'

그래도 많이 인간이 된 것 같아서 내심 뿌듯한 세라티였다.

노골적으로 고함을 터트려 준 뒤, 카르나크는 광장 너머를 힐끔거렸다.

'이 정도면 사령술 쓴 건 대충 덮어졌겠지?'

이제부턴 본격적으로 마법사로 행세할 차례.

양손에 역시공 초월체를 쥔 채 카르나크가 양팔을 높이 들었다.

쿠웅!

대기가 울리며 무형의 기운이 사방으로 퍼져 나간다.

워레인의 안색이 창백해졌다.

'뭐야, 이 마력은?'

방대한 마나가 워레인의 사령 영역 전체를 짓눌러 간다.

촉수들이 시들해지고 하늘의 어둠이 걷히며 악마들조차

두려워 뒤로 물러선다.

그야말로 압도적인 마나의 힘.

'분명 아까까진 7서클의 마법사였는데?'

놀란 워레인을 향해 카르나크가 비릿한 미소를 비쳤다.

"재미있는 거 보여 줄까?"

오른손이 가볍게 허공에 수인을 그었다. 마력이 뭉쳐 거대한 술식으로 바뀌며 정령계와의 통로를 열어젖혔다.

"와라, 엘 아쿠아리아!"

주위의 수기가 뭉쳐 흐르며 거대한 물의 정령 거인으로 화한다.

두려움을 떨쳐 내려는 듯 워레인이 애써 코웃음을 쳤다.

"고작 물의 정령이냐?"

이미 그는 카르나크가 소환한 엘 아쿠아리아를 일격에 박살 낸 전적이 있는 것이다.

아무리 마력이 드높아도 구사하는 마법이 저 정도라면 별로 큰 문제는 아니지만…….

"이제 시작이거든."

미소를 유지한 채 카르나크가 한 번 더 수인을 그었다.

"와라, 엘 라그나티아!"

이번엔 거대한 화염의 정령 거인이 나타났다.

주위가 불바다라 그런지 평소보다 덩치가 훨씬 컸다.

위압감 넘치는 정령 거인의 모습에 워레인이 안색을 굳혔

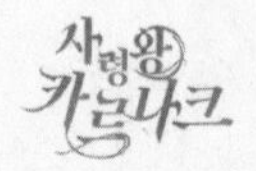

다.

"정령을 또?"

괘, 괜찮다.

자신은 위대한 테스라낙의 사도다. 그분이 내리신 위대한 어둠의 지혜가 있는데 무엇을 두려워하겠는가!

"흥, 그까짓 화염 정령쯤이야……."

워레인의 말을 끊고, 카르나크의 주문이 이어진다.

"와라, 엘 테라스티아!"

"어둠의 힘 앞에선……."

"와라, 엘 실페르시아!"

"아, 앞에선……."

워레인은 눈을 껌벅였다.

어느새 거대한 정령 거인 넷이 그의 앞에 당당히 늘어서 있었다.

보기만 해도 기가 질리는 광경이었다.

거기에, 기가 차는 목소리가 또 이어진다!

"한 바퀴 돌았지? 와라, 엘 아쿠아리아!"

"저기, 잠깐만, 이게 무슨?"

경악한 사령술사의 귓가에, 능글맞은 목소리가 울려 퍼졌다.

"그러니까, 재밌는 거 보여 준다고 했잖아."

몰매 앞에 장사 없다는 만고의 진리는 이번에도 착실히 통용되었다.

"컥! 크윽! 어억!"

연신 몰아붙이는 정령 거인들의 공세 앞에 워레인이 할 수 있는 건 거의 없었다.

그저 전력을 다해 어둠의 장막을 펼친 뒤 죽어라 버티는 것뿐.

물론 결과는 뻔했다.

장막이 일그러지며 어둠의 기운이 사방으로 흩어진다.

이게 박살 나는 순간, 워레인 역시 장막의 운명을 고스란히 따라가게 되겠지.

물에 빠진 사람 지푸라기라도 잡는 심정으로 워레인은 광장 다른 쪽을 돌아보았다.

이제라도 부하들이 가세해 주면 어떻게 살길이 펼쳐질지도 모르니까.

'그런데 다들 뭘 하고 있단 말이냐?'

아무것도 안 하고 있었다.

머리와 몸통이 분리된 인간은 보통 아무것도 못 하는 게 정상이거든.

굴러다니는 부하들의 시체를 본 워레인은 경악했다.

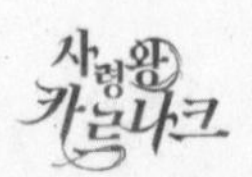

'벌써 다 쓰러졌다고?'

적들이 예상 밖으로 너무 강했던 게 문제였다.

검은 신의 교단이 파악한 카르나크 일행의 전력은 유독 사령술 대처가 뛰어난 7서클의 마법사와 청색급 오러 유저 1명, 적색급 오러 유저 1명이었다.

적어도 제스트라드 영지 전투까진 딱 저 수준이었다.

영지전이 고작 두 달 조금 전이니 이후에 강해져 봤자 얼마나 강해졌겠는가?

이들이 자신만만하게 군 데에는 다 근거가 있었던 것이다.

그런데 지금 보니 카르나크는 무슨 9서클급 마력을 펑펑 쓰고 있고, 오러 유저도 청색급이 둘에 적색급이 둘이다.

설마 이 짧은 기간에 저렇게까지 강해졌을 리는 없으니, 결론은 하나뿐이었다.

'우리가 속았다! 힘을 숨기고 있었던 거였어!'

그러는 와중에도 정령 거인 무리의 공세는 계속 이어지고 있었다.

쾅! 쾅! 콰쾅!

자기 상대 다 해치우고도 바로스와 세라티 쪽은 딱히 카르나크에게 합세하지 않았다.

주변의 악마들을 마저 물리치며 시민들을 보호하는 데만 전력을 다할 뿐이다.

어차피 내버려 둬도 압승인데 굳이 손 보탤 필요가 없으니까.

결국 어둠의 장막이 깨져 나갔다. 워레인의 눈앞에도 죽음이 닥쳐왔다.

절망에 찬 그가 마지막 단말마를 외쳤다.

"테스라낙이시여!"

그때였다.

파아아아앗!

갑자기 눈부신 빛이 하늘에서 떨어지며 워레인을 둘러싼 정령 거인들을 휘감았다.

찬란한 황금빛으로 일렁이는 성스러운 파장이었다.

강렬한 신성이 빛무리 전체에서 뿜어져 나오고 있었다.

세라티와 라피셀이 당황하며 중얼거렸다.

"이 빛은……."

"태양의 여신 라티엘?"

빛 속의 정령 거인들이 점점 흐려지기 시작한다. 카르나크의 지배에서 해방되어 정령계로 돌아가는 것이다.

결국 모든 정령 거인이 자취를 감췄다.

간신히 살아난 워레인이 감격에 겨워 외쳤다.

"제덱스 님, 와 주셨군요!"

그의 시선이 향한, 성광이 쏟아진 밤하늘 위.

은발의 사내가 빛의 원반을 탄 채 날아오고 있었다.

전신에 성광을 두른 채 고고하게 지상을 내려다보는, 그야

말로 밤을 밝히는 태양 같은 모습이었다.

레번이 황당해하는 표정을 지었다.

"저자가 제덱스?"

자신들이 찾는 제덱스라면, 죽음의 신 테스라낙의 3성인 중 1명이다.

"죽음의 신을 섬기는 놈이 태양 같으면 안 되는 거 아니에요?"

방금 그건 누가 봐도 명백하게 순수한 여신의 광휘인 것이다.

"거참, 신성력과 사령력을 동시에 쓰는 경우는 예전에도 봤지만……."

트리스트 시티의 슈트라프 사건을 떠올리며 바로스도 어이없어했다.

"이 정도일 줄은 몰랐는데 말이죠."

검은 태양의 교황

빛의 원반이 서서히 지상으로 내려왔다. 원반에 탄 이가 광장 위로 발을 내디뎠다.

푸른 눈동자를 지닌 은발의 사내였다.

라피셀이 무심코 중얼거렸다.

"어머, 잘생겼다."

"얘는? 저 사람은 적이야."

어이없어하며 세라티가 핀잔을 던졌다.

'라피셀 얘, 은근히 얼굴 따지나?'

하긴, 잘생긴 건 사실이었다.

깊고 맑은 푸른 눈동자에 은처럼 반짝이는 머리칼, 도도하게 솟은 콧날과 잘 짜인 이목구비며 날씬하면서도 균형 잡힌 신체까지.

분명 30대 중반의 나이일 텐데 20대로밖에 안 보일 정도로 동안이기도 하다.

바로스가 전언으로 물었다.

[제덱스 맞는 것 같죠, 도련님?]

[응, 이렇게 보니 닮긴 닮았네.]

두 사람이 아는 태양의 교황 제덱스는 60세가 훌쩍 넘은 노인네였다.

지금처럼 젊은 모습은 아니었다.

[하지만 그때도 참 곱게 늙었다고 생각하긴 했지.]

원래 미남이 나이 먹어야 미중년 되는 거고, 미중년이 늙어야 노신사가 되는 법.

늙었을 때도 한가락 했던 인간이 젊은 모습으로 나타나니 과연 보통 미모가 아니었다.

그런 미남이 전신에 성스러운 여신의 빛을 두르고 나타났다면 어떻게 될까?

카르나크가 뚱한 표정을 지었다.

[누가 보면 저쪽이 착한 놈인 줄 알겠구만.]

실제로 시민들 몇몇은 혼란스러워하는 중이었다.

"뭐, 뭐지?"

"신관님께서 우리를 구해 주러 오신 건가?"

다행히 분위기 파악 못 하는 이들은 몇 명 없었다. 다들 제덱스가 워레인을 구하는 광경을 똑똑히 본 것이다.

“저 사악한 사교도 놈들이!”

“또 기괴한 술수를 부리는구나!”

워낙 사교도들이 사기를 많이 치고 다녔기에, 진짜 여신의 빛을 봐도 또 가짜려니 치부해 버린다.

덕분에 큰 소요가 일어나지는 않았다.

‘그런데 의외로 제덱스를 알아보는 이들이 없네?’

희한해하며 카르나크는 시민들의 반응을 살폈다.

제덱스는 배널 랩프스태더란 이름으로 이 도시에 오래 머무르고 있었다. 게다가 테카스라는 큰 상단의 실무자이기도 했다.

얼굴을 알아보는 이가 한둘 정도는 나와야 정상인 것이다.

심지어 저렇게 잘생긴 얼굴인데?

‘평소엔 일부러 얼굴을 감추고 살았나? 왜?’

뭐, 이건 금방 답을 얻을 수 있는 문제였다.

양손의 역시공 초월체를 매만지며 카르나크는 눈을 가늘게 떴다.

‘붙잡아 캐물어 보면 답이 나오겠지.’

은발의 사내, 제덱스가 차분히 광장을 둘러보았다. 그리고

차갑게 뇌까렸다.
"한심한 것들."
워레인, 그리고 죽은 사령술사들을 향해 오만상을 찌푸린다.
"멋대로 움직이더니 이게 무슨 꼴이냐?"
워레인이 황급히 머리를 조아렸다.
"요, 용서를……."
"왜 계획대로 하지 않았나? 날 기다렸어야지!"
옆에서 지켜보던 카르나크가 살짝 초를 쳤다.
"애초에 일찍 나타나지 않은 네 잘못 아니냐?"
쓴웃음을 지으며 제덱스는 카르나크를 돌아보았다.
"그것도 틀린 말은 아니구나."
사실 제덱스에게도 나름대로의 사정은 있었다.
애초에 오늘 밤에 카르나크 일행이 나타날 줄 알았던 게 아니다.
언제가 될지 모르지만 분명 습격해 온다는 걸 알았을 뿐이다.
그래서 매일같이 습격에 대비하던 중이었다.
평소의 생활을 유지해 가면서 말이지.
즉, 제덱스 입장에선 푹 자고 있는데 갑자기 알람 울리기에 졸린 눈 비비며 허겁지겁 깨어난 상황인 것이다.
적이 쳐들어왔는데 정신도 못 차린 채 잠옷 바람으로 뛰쳐

나갈 순 없다.

세수도 하고 옷도 갈아입고 전투준비도 마쳐야 한다.

그 와중에 창문 내다보며 '후후후, 왔구나.' 같은 대사를 읊은 건 뭐, 그냥 평소 떨던 허세의 영향이었고.

그렇게 준비 끝내고 초열지옥 상황 지켜보면서 합류할 타이밍을 재고 있었다.

그런데 이게 웬걸?

부하란 놈들이 명령도 안 했는데 지들 멋대로 튀어 나가 버리네?

카르나크가 시민군 이끌고 대거 난리 치는 바람에 타이밍이 꼬인 것이다.

놀라서 허겁지겁 저택 빠져나와 빛의 원반 타고 여기까지 날아온 제덱스였다.

겉으론 그럴싸하게 등장한 것 같지만 실은 꽤나 고역이었달까?

다행히 그럭저럭 제시간을 맞춰 카르나크 일행을 놓치지 않았다.

제덱스가 싸늘한 목소리로 워레인에게 명령했다.

"물러서서 죽은 자들을 수습해라."

"예……."

시체가 아니라 영혼을 수습하라는 소리였다.

사령술사들에겐 시신보다 오히려 영혼 쪽이 더 중요하다.

영혼만 있으면 육체야 뭐, 대충 만들어서 다시 집어넣으면 그만이니까.

고개를 조아리며 워레인이 뒤로 물러섰다. 카르나크도 굳이 그쪽은 신경 쓰지 않았다.

지금은 눈앞의 제덱스를 상대하는 게 우선이었다.

어차피 제덱스만 처리하면, 남은 워레인을 처리하는 건 별 문제가 아니니까.

바로스와 레번, 세라티와 라피셀도 카르나크 쪽으로 합류했다.

일행을 노려보며 제덱스가 양손을 들었다.

"카르나크 제스트라드!"

오른손에서 찬란한 성광이 뿜어져 나왔다.

태양의 여신, 라티엘의 빛이었다.

"감히 테스라낙의 사도들을 해하다니!"

왼손에서는 칠흑의 어둠이 솟구친다.

죽음의 권능, 사령력이다.

빛과 어둠이 함께 휘감기며 방대한 기운을 발했다.

하늘이 요동치며 일렁이기 시작했다.

"그 죄의 무거움이 산과 같음을 알라!"

추상같은 외침을 앞에 두고 카르나크와 바로스가 고소를 머금었다.

[아, 익숙한 말투다.]

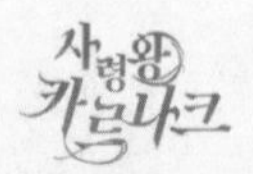

[진짜 제덱스, 맞구만요.]

⁂

휘감긴 빛과 어둠이 제덱스의 전신을 뒤덮어 간다.

양립할 수 없는 빛과 어둠이, 마치 불과 기름처럼 섞이지 않은 채 서로 반발하며 미끄러지듯 흘러내린다.

신성술인 신성한 가호와 사령술인 어둠의 장막이었다.

그렇게 방어막을 펼친 뒤 제덱스가 기도문을 외쳤다.

"라티엘이시여, 당신의 종에게 가호의 빛을 내려 주소서!"

레번이 놀라 중얼거렸다.

"라티엘의 기도문?"

테스라낙을 섬기는 사교도가 신성력을 발휘하는 것도 신기한데, 심지어 태양의 여신에게 기도까지 올린다고?

"저러면 통하지 않아야 하는 것 아닌가요?"

라피셀의 의문에 세라티가 혀를 찼다.

"그러게. 여신이 생각보다 호구인가?"

"앗, 언니. 그건 너무 불경한 말씀……."

바로스도 전언으로 카르나크에게 물었다.

[어떻게 된 거예요, 도련님?]

[아직은 모르겠다. 내가 봐도 신기해.]

어찌 된 영문인지 모르겠지만, 기도는 제대로 닿은 것 같았다.

빛이 허공을 꿰뚫고 내리쬐며 성스러운 기운이 퍼진다.

파아아앗!

이내 빛으로 이루어진 기사의 형상들이 제덱스 주위에 우뚝 섰다.

빛의 창과 방패, 갑옷으로 중무장한 일곱 기사들을 소환하는 저 수법은 카르나크 역시 익히 알고 있었다.

“일곱 수호군장의 가호인가?”

라티엘의 신성술 중에서도 최고위 주문이었다.

카르나크가 인상을 썼다.

‘생각보다 신성력이 더 높잖아?’

특급 심문관으로 유스틸 왕국에서 이름을 떨치는 알리우스의 신성력도 저 정도는 아니었다.

전생 때의 교황급까진 아니지만 적어도 추기경급은 충분히 되는 듯했다.

‘어떻게 시공 회귀한 후에 저 정도 신성력을 모은 거지?’

궁금할 때 떠봐서 손해 볼 건 없다.

카르나크가 슬쩍 말을 걸었다.

“어이, 그런 식으로 라티엘에게 손 벌려도 되는 거야? 테스라낙에게 버림받지 않겠어?”

아쉽게도 이번엔 통하지 않았다.

“위대한 비의를 네놈들에게 가르쳐 줄 이유가 있겠느냐?”

비웃으며 제덱스는 어둠의 기운을 마저 끌어 올렸다.

일곱 수호군장의 가호는 물론 강력한 신성술이지만, 그래봐야 한계가 명확하다.

개개의 전투력은 평범한 적색급 오러 유저 정도.

최고위 신성 주문이라기엔 사실 많이 부족한 게 사실이다.

원래 성직자의 신성 주문은 방어나 회복 쪽으로는 월등히 뛰어나지만 공격 쪽은 꽤나 약한 것이다.

단일 전투력은 마법사나 오러 유저에 비해 많이 떨어진다.

3인의 대마법사와 4대 무왕에 비해 7인의 교황이 상대적으로 하수 취급당한 이유이기도 하다.

하지만 여기에 사령술이 깃들여진다면?

"게헤나의 악마여, 피의 갑주가 되어 빛을 덮을지어다!"

일곱 수호군장의 전신에 시뻘건 갑옷이 입혀졌다.

그뿐만이 아니다. 손에 쥔 검과 방패 역시 핏빛으로 빠르게 물들어 간다.

갑주를 본 세라티가 눈을 깜빡였다.

"어, 저거……."

레번이 그녀를 돌아보며 물었다.

"왜 그러십니까?"

"아뇨, 그냥 예전에 본 거라……."

정확히는, 예전에 입어 본 것이었다.

마검 마레다를 든 라피셀과 처음 싸울 때, 카르나크가 그녀에게 입혔던 블러드 데몬의 갑주다.

무시무시한 기운이 날개 달린 기사들로부터 뿜어져 나온다. 고통에 찬 비명이 여기저기서 울려 퍼진다.

"카아아아아악!"

블러드 데몬의 갑주를 빛의 존재가 걸쳤으니 그 고통이 이루 말할 수 없는 탓이었다.

세라티의 표정이 심란해졌다.

'나, 난 되게 편안했는데, 저 갑옷…….'

빛의 일곱 기사가 피의 일곱 기사로 바뀌었다.

동시에 놈들의 기세 역시 아까와는 비교할 수 없을 만치 높아졌다.

'이건 좀 세겠는데?'

바로스가 인상을 썼다.

[언제까지 지켜보고만 있을 겁니까, 도련님?]

원래 바로스는 제덱스가 전투준비를 마치기 전에 사슬검부터 날릴 생각이었다.

적이 만반의 준비를 갖추도록 기다려 줄 의리 따위 없잖아?

그런데 카르나크가 확인할 게 있다며 일부러 만류한 것이다.

[확인할 거 다 확인하셨어요?]

[아직 남기는 했는데…….]

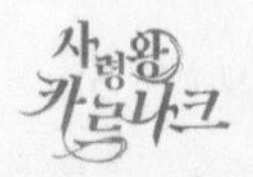

양손의 정육면체를 매만지며 카르나크가 씩 웃었다.

[나머지는 싸우면서 마저 봐야 할 것 같지?]

카르나크의 양손에서도 마력이 피어오르기 시작했다.

전언이 아닌 육성으로, 그가 고함을 질렀다.

"마법을 준비하겠다! 다들 1분만 막아!"

"넵!"

4명의 오러 유저가 일제히 튀어 나갔다.

일곱 피의 기사들도 동시에 몸을 날렸다.

양측이 허공에서 충돌하며 맹렬한 충격파가 광장을 뒤흔들었다.

콰아아앙!

청색의 사슬검이 춤을 추며 피의 기사 3명을 한꺼번에 가로막았다.

세라티도 2명의 기사 뒤를 쫓았다.

등 뒤를 그냥 내줄 순 없으니 두 놈 다 도로 몸을 돌려 그녀에게로 덤벼든다.

레번과 라피셀은 각자 1명씩 담당했다.

블러드 데몬 갑주를 걸친 놈들의 실력은 청색급에 필적했지만, 이쪽도 경지에 비해 실제 전투력이 유독 높은 편이라 그럭저럭 밀리지 않았다.

그 상태로 치열한 검투가 이어졌다.

서로가 서로의 본진, 즉 카르나크와 제덱스를 노리는 형국이다.

뚫리는 쪽이 패배하는 싸움이다 보니 서로 한 치도 물러서지 않는다.

콰콰콰쾅!

요란한 폭음 사이로 카르나크는 빠르게 마법을 준비했다.

"한 줄기 빛이 별이 되어 떨어지니, 환희의 절규가 그 속에 깃들지어다……."

술식을 짜고 혼돈마력을 흘리며 차분히 제덱스로부터 얻은 정보를 정리한다.

나타나자마자 제덱스는 소환된 정령 거인들을 일거에 쓸어버렸다.

무슨 강대무비한 파괴력으로 해치운 게 아니다.

자애로운 여신의 빛으로, 세뇌당해 고통 속에서 노역 중인 가련한 정령들을 해방시켜 준 것이다.

'그러니 다들 좋다고 돌아가 버리지.'

제대로 된 신성력이란 의미였다.

그리고 신성력은 사령술의 천적이다.

아무리 초절의 기술이 있어도 압도적인 격차 앞에선 밀리는 법.

이쪽은 사령술을 되도록 멀리했는데 저쪽은 꾸역꾸역 신성력을 모았으니 권능의 격차가 너무 컸다.

심지어 제덱스는 교황 출신이라 신성술 구사 수준도 최상급이다. 기술이 없는 것도 아니란 소리다.

'아무래도 사령술은 통하지 않겠군.'

뭐, 큰 문제는 아니었다.

'굳이 사령술이 아니더라도 혼돈마법으로 재미 많이 볼 수 있거든!'

손아귀의 정육면체를 매만지며 카르나크는 히죽 웃었다.

이러려고 일부러 제덱스가 나타날 때까지 되도록 안 쓰고 버티고 있었다. 덕분에 마력은 충분했다.

마침내 모든 준비가 끝났다.

카르나크의 어깨 너머로 12개의 회색빛 마법진이 명멸하기 시작했다.

"마령술, 가로지르는 잿빛의 유성!"

어지럽게 뒤얽힌 마력의 고리가 일제히 불을 뿜었다.

검은 신의 교단과 접한 후, 카르나크는 사령술과 마법의 장점만을 섞어 새로운 마법을 만들어 냈다.

파이어볼과 여우불의 용법을 융합한 작열하는 영혼의 불꽃, 골렘 대량 소환과 정령 거인 연속 소환 등이 그 일환이다.

그 외에도 다양한 융합 마법을 꾸준히 연구, 개발하고 있었다.

마령술(魔靈術)이라 명명한 새로운 혼돈마법 체계였다.

하지만 정작 실전에서 구사할 수 있는 마령술은 얼마 없었다.

이론적으로 정립하는 거야 머릿속에서 얼마든지 가능하지만, 실제로 구사하기엔 혼돈마력이 받쳐 주질 않았던 것이다.

그런데 지금은?

"좋은 부하를 거둔 덕분에 마력이 남아돌아요, 아주."

싱글벙글 웃는 카르나크의 눈동자 위로 파괴의 현장이 투명하게 비쳤다.

12개의 마법진을 통해 강렬한 빛이 쏟아져 내린다. 찬란한 빛의 향연이 광장을 가득 메운다.

날아드는 빛무리 앞에 피의 기사들이 고개를 돌리는 순간!

콰아아아앙!

무수한 빛줄기가 일곱 기사와 대지를 동시에 강타했다.

웅장한 융단폭격이 연달아 터지고 흙먼지가 하늘을 가린다.

피의 기사들이 방패를 들어 몸을 가렸지만 소용없다. 파괴의 빛이 가로막는 모든 것을 냉혹하게 쓸어버린다.

마령술, 가로지르는 잿빛의 유성.

이 끔찍한 회색빛 파괴의 섬광은 피의 기사들을 싹 쓸어버리고도 그치지 않았다.

거대한 빛의 권능이 방어막으로 둘러싸인 제덱스에게까지 향한다.

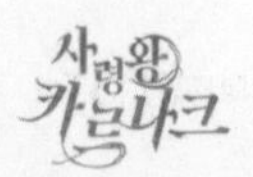

'뭐, 뭐야, 이건?'

경악 속에서 잿빛 유성우가 빛과 어둠의 방어막을 두들겨 댔다.

주위의 대지가 움푹 파일 정도로 무자비한 폭격이었다.

콰콰콰콰쾅!

죽음의 메아리가 울려 퍼지는 것처럼 거대한 파괴의 영역이 삽시간에 존재감을 드러낸다.

버티는 제덱스로부터 처절한 신음성이 터져 나왔다.

"크, 크으으윽!"

이 끔찍한 파괴의 폭우는 방어막 대부분이 날아간 후에나 겨우 그쳤다.

너덜너덜해진 제덱스가 떨리는 혼잣말을 내뱉었다.

"무, 무슨 마법의 위력이 이렇게……?"

마법 자체는 7서클의 아케인 스트라이크였다.

틀림없었다.

명색이 과거 라티엘의 교황이었던 그다. 이 정도도 못 알아볼 만큼 안목이 낮진 않다.

이해할 수 없는 건 위력과 숫자.

개개의 위력은 기존의 아케인 스트라이크만 못하다. 잘해봐야 30퍼센트 정도?

하지만 숫자가 많아도 너무 많다.

지금 날아든 빛줄기는 거의 100개에 육박했다.

그래 놓으니 7서클 마법사 20명이 힘을 합친 것 같은 결과가 나와 버린 것이다.

'단순히 위력만 놓고 보면 9서클 마법에 필적하나…….'

호흡을 고르며 제덱스가 다시금 일어섰다.

그 모습에 카르나크와 바로스가 감탄한 표정을 지었다.

"오, 이걸 맞고도 버티네?"

"역시 제 한 몸 건사하는 데는 성직자 따라갈 직종이 없다니까요."

공격이 약해서 그렇지, 호신과 방어 쪽은 그 누구보다도 뛰어난 게 성직자다.

마법사나 오러 유저라면 맞고 죽었을 공격이라도 성직자는 버틸 수 있다.

물론 이 두 놈은 진짜 감탄한 게 아니고 돌려서 조롱한 것이지만.

제덱스가 안색을 굳혔다.

"흥! 잔재주만 믿고 오만하게 구는구나!"

사실 잔재주라 폄하할 수준은 절대 아니었다.

7서클을 많이 쏘아 내 9서클급의 위력을 낸다?

누가 봐도 엄청난 수법임이 틀림없다.

하지만 저게 저렇게 마냥 편리하기만 한 수법일 리도 없는 것이다.

투자된 마력으로 최대한의 효율을 뽑는 것이 마법의 기본.

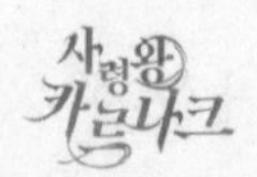

9서클 마법의 파괴력을 가장 효율적으로 구현할 수 있는 건 당연히 9서클 마법이다.

그걸 억지로 7서클로 구현하려면 어찌해야 할까?

모자란 만큼 추가 마력을 엄청나게 퍼부어야 한다.

"계속해서 이런 마력 낭비를 할 수 있을 리가 없지 않느냐?"

차갑게 뇌까리며 제덱스가 양손을 펼쳤다.

"저주받은 고통으로 얼룩진 땅에서, 나 살육을 갈망하는 자를 부르노라……."

갑자기 광장 주위의 악마들이 벌벌 떨기 시작했다.

불길로 이루어진 악마들의 육체가 일그러지고 무너져 내린다.

수많은 뭉개진 악마들이 허공으로 떠올라 한 점에서 진흙더미처럼 뭉쳐진다.

처절한 비명이 메아리쳤다.

아아아악!

크어어어억!

카카카카칵!

뭉쳐진 불과 바위 덩이에서 머리와 손발이 튀어나왔다. 그리고 이내 인간과 비슷한 형태를 취했다.

시뻘겋게 전신이 달구어진, 용암으로 이루어진 것 같은 3미터의 거인이었다.

바로스가 인상을 썼다.

'바라타의 마수? 저건 다루기 힘들어서 도련님도 안 쓰던 놈인데.'

과연, 제덱스에게는 다룰 방법이 있었던 모양이다.

곧바로 두 손을 모아 또다시 합장하며 기도를 올린다.

"라티엘이시여, 당신의 신성한 검을 내려 주소서!"

하늘이 열리며 수십 자루 빛의 검이 쏟아졌다.

두 자루는 용암 거인의 양손에 잡혔지만 나머지는 좀 의외의 모습을 보였다.

수십 자루 검이 용암 거인의 팔을, 다리를 꿰뚫고 틀어박힌다.

빛의 칼날이 거인의 근육과 관절을 관통해 사슬처럼 변한다.

용암 거인의 사지를 신성한 검으로 관통해 꼭두각시 인형처럼 조종하는 것이다.

카르나크가 혀를 내둘렀다.

'얼씨구? 저건 또 나랑 발상이 비슷하네?'

제덱스가 거인에게 명령을 내렸다.

"가라, 바라타의 마수여!"

전신이 꿰뚫린 용암 거인이 입 부분의 공허를 열어 포효를 토했다.

고오오오!

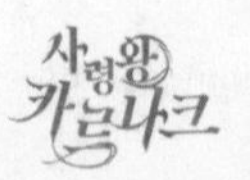

3미터에 달하는 거구가 쌍검을 쥔 채 걸음을 옮기기 시작했다.

장검을 겨누며 바로스가 물었다.

"어쩔까요, 도련님?"

이번에도 확인할 게 남았는지 카르나크는 선공을 허락하지 않았다.

그래서 내내 그의 주위에서 대기하고만 있었다.

다시 한번 정육면체로부터 마력을 끌어내며 카르나크가 짧게 외쳤다.

"30초만 버텨!"

"넵!"

기다렸다는 듯 바로스가 쏜살같이 튀어 나갔다.

세라티와 라피셀, 레번도 재빨리 뒤를 따랐다.

네 오러 유저가 용암 거인을 포위하는 모습을 보며 카르나크도 재차 마법을 준비했다.

아까 제덱스가 그랬던가?

계속해서 이런 마력 낭비를 할 수 있을 리가 없지 않느냐고.

"뭐, 마력 낭비인 건 맞지."

카르나크는 빙그레 웃었다.

꽤 많이 썼는데도, 여전히 역시공 초월체 속엔 상당한 양의 혼돈마력이 든든하게 비축되어 있었다.

"계속해서 할 수 있는 것도 맞고."

3미터가 넘는 거인의 주위로 네 줄기 투기검이 춤을 춘다.

놈이 휘두르는 성스러운 빛의 검이 붉고 푸른 오러와 연신 충돌해 충격파를 토한다.

쿵! 쿠쿵! 쿠우웅!

그렇게 바로스와 세라티 등이 거인을 막아 내는 동안, 카르나크는 계속해 술식을 전개해 갔다.

"화염의 왕, 바위의 여왕이여……."

제덱스가 한 가지 착각을 한 부분이 있다.

겉보기와 달리 마령술의 마나 효율은 결코 나쁘지 않았다.

하급 마법을 모아 상급 마법의 위력을 발휘하는 것이니 마력 소모량 자체는 분명히 높은 편이지만, 그렇다고 같은 상급 마법보다 마력 소모가 몇 배나 되는 것은 아니다.

사령술의 술식을 응용해 혼돈마력 흐름을 제어하며 효율을 높이고 있으니까.

9서클 마법과 동일한 파괴력을 낳는 마령술이라면, 소모되는 마나도 동일한 것이다.

문제는 그만큼 술식이 크고 복잡해져서 사전 준비 시간이 자꾸 길어진다는 점이지만.

"계약에 따라 그대들을 부르노니, 이 땅에 강림하여 위용을 드러낼지어다……."

계속 마법을 준비하며 카르나크는 제덱스를 유심히 살폈다.

특히 그의 전신을 맴도는 저 신성력에 대해서.

아까부터 내내 궁금했다.

대체 제덱스는 어떻게 라티엘의 신성술을 구사하고 있는 것일까?

신성력과 사령력을 동시에 지닌 이를 처음 보는 건 아니다.

하토바 교단의 배교자, 트리스트 시티의 슈트라프 주교도 신성력과 사령력을 동시에 사용하던 자였다.

하지만 그의 경우에는 성직자로서 경지에 오른 이후에 사령술사가 되었다. 그래서 사령력을 손에 넣고도 기존에 지니고 있던 신성력을 유지하고 있는 것이라고만 여겼다.

반면 제덱스는 사정이 좀 다르다.

그는 회귀할 때 이미 어둠에 물든 채였다. 그런데 회귀 시점에서 아직 젊은 20대 나이였다.

그 나이라면 잘해 봐야 견습 성직자에 불과한 것이다.

어쩌면 아예 신성력이라곤 한 줌도 지니지 않은 일반인이었을지도 모른다.

어느 쪽이 되었건 지금 같은 엄청난 신성력을 지니고 있었을 리는 없는 것이다.

즉, 지금 보이는 저 권능은 회귀한 후 미래의 제덱스가 직접 키웠다는 소리.

'신성력은 여신에 대한 독실한 신앙으로 커지는 기운이잖아? 그런데 이미 타락한 영혼이 신성력을 저렇게 키울 수 있나?'

마찬가지로, 지금의 제덱스가 라티엘의 기도문을 문제없이 쓰는 것도 이해가 되지 않았다.

이것이 아까부터 일행 제지해 가며 계속 제덱스의 수법을 살펴본 이유였다.

그간 열심히 바로스며 세라티 등을 굴린 보람이 있었던 걸까?

계속 보다 보니 슬슬 제덱스의 수법을 알겠다.

'맙소사, 저놈…….'

천하의 카르나크마저 어처구니없어할 방식이었다.

'나조차도 안 할 짓을 저질러 버렸잖아?'

제덱스의 영혼은 하나이면서 여럿이었다.

흑마술로 자신의 영혼 일부를 쪼갠 뒤, 그 영혼을 세뇌해 라티엘의 신실한 신도로 삼는다.

그리고 그 신실한 영혼을 이용해 태양의 여신과 소통하며 빛의 권능만을 빼돌리고 있었던 것이다.

'미치기 딱 좋은 짓인데 잘도 저질렀구만.'

설마 사람이 저렇게까지 하겠냐 싶어서 카르나크도 그간 눈치채지 못했다.

그렇게 상대를 탐색하는 와중에도 준비는 착실히 진행되어 가고 있다.

생각은 길었지만 실제 흘러간 시간은 고작해야 10여 초 정도.

드디어 술식이 완성되었다.

양손을 가슴 앞으로 가져오며 카르나크는 미소를 지었다.

'역시 마력이 충만하니 인생 참 편하네.'

화재에 휩쓸렸을 때도 일부러 역시공 초월체를 안 쓰고 버틴 보람이 팍팍 느껴진다.

"이래서 사람은 평소에 착실히 저축을 해야 돼요. 그래야 다급한 경우 든든하다니까?"

양손을 교차하며 그가 최후의 시동어를 외쳤다.

"마령술, 정령 융합! 엘 라그나 테라스티아!"

커다란 바위의 정령 거인이 모습을 드러낸다. 그리고 그 위로 불의 정령 거인이 겹쳐진다.

혼돈마력이 불과 바위를 꿰뚫고 지나가 사슬처럼 두 정령의 전신을 옥죄기 시작했다.

두 정령이 강제로 합쳐지며 더더욱 거대해졌다.

용암 거인을 상대하던 레번과 세라티의 표정이 미묘하게 변했다.

"어, 저거……."

"어째 아까 본 듯한……."

기시감이 느껴지는 장면이었다.

방금 제덱스가 용암 거인 소환할 때도 딱 저런 꼬락서니가 아니었던가?

[말했잖아.]

카르나크가 피식 웃었다.

[나랑 발상이 비슷하다고.]

그의 정령 소환은 현혹술을 이용해서 정령을 지배해 부려먹는 방식이었다.

그 탓에 해방, 해제 계열의 신성 주문에 유독 취약하다는 문제점이 있었다.

그래서 강제로 움직이는 술법도 미리 개발해 놓았던 것이다.

두 정령을 하나로 융합시킨 뒤 혼돈마력으로 서로를 얽어 놓으면, 설령 현혹술이 풀리더라도 혼돈마력으로 직접 조종할 수 있다.

[실로 조종하는 꼭두각시 인형처럼 말이야.]

불과 바위의 융합 정령, 엘 라그나 테라스티아가 포효를 터트렸다.

"크아아아악!"

고통이 절실히 느껴지는 듯한 외침이었다.

세라티가 눈살을 찌푸렸다.

[이래도 되는 거예요?]

[안 되지.]

정령 거인을 움직이며 카르나크가 어깨를 으쓱였다.

[그러니까, 골수까지 원한 사기 전에 빨리 끝내야지.]

제덱스가 소환한, 신성한 검에 꿰뚫린 바라타의 마수.

카르나크가 부른 융합 정령, 엘 라그나 테라스티아.

명백히 다른 존재지만 겉보기엔 둘 다 비슷한 용암 거인의 형태다.

두 용암 거인이 거리 한복판에서 격돌하며 사방에 불길을 뿌려 댔다.

바로스며 세라티, 레번과 라피셀이 열기를 피해 뒤로 물러섰다.

불타는 바위가 서로 얽힌다. 뜨거운 공기가 소용돌이친다. 불길이 흐르며 치열한 격투가 이어진다.

"아아아악!"

"크아아아!"

양쪽 모두에게서 처절한 비명이 터져 나왔다.

한쪽은 지옥의 마수, 다른 한쪽은 이계의 정령이지만 지금

만큼은 동병상련의 처지.

둘 다 상대를 죽여야만 자신의 고통을 덜 수 있는 것이다.

'저거…….'

뒤로 물러선 라피셀이 눈살을 찌푸렸다.

'뭔가 느낌이 어째 좀…….'

카르나크를 믿고 싶긴 한데, 눈앞에서 펼쳐지는 광경이 너무 께름칙하다.

그러는 동안에도 용암 거인들은 필사적으로 사투를 이어 갔다.

하지만 이미 승패는 정해진 것이나 다름없었다.

제덱스의 마수는 카르나크의 오러 유저들을 상대하며 기운을 많이 소모한 데 비해, 정령 거인은 역시공 초월체의 막대한 마력을 받아 움직이고 있는 것이다.

결국 승리는 카르나크 쪽으로 돌아갔다.

콰앙!

융합 정령의 양손이 마수의 머리통을 박살 내 버렸다.

불과 바위의 육체가 산사태처럼 무너져 내리며 사방으로 흩어져 갔다.

"제, 제기랄!"

욕설을 내뱉으며 제덱스는 허겁지겁 다음 주문을 준비했다.

그 모습을 본 바로스가 시큰둥하게 물었다.

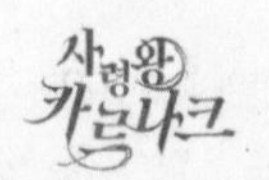

"이번엔 얼마나 버팁니까, 도련님?"

"이번엔 버틸 필요 없어."

필요한 건 대충 다 확인했다. 볼 장 다 봤다는 소리다.

그리고, 소환한 정령 거인도 아직 건재하다.

"가라, 엘 라그나 테라스티아."

고통에 찬 포효를 터트리며 용암 거인이 제덱스에게로 돌진해 갔다.

"크오오오!"

불타는 바위 주먹이 제덱스 주위의 방어막을 강렬하게 두들겨 댔다.

연신 폭음이 울렸다.

쾅! 콰쾅! 콰앙!

당연하게도 기껏 준비 중이던 제덱스의 사령술은 도중에 깨졌다.

방어에만 정신을 집중해도 모자랄 판이니 사령술이나 신성술을 쓸 여력이 없는 것이다.

"윽! 크윽!"

제덱스는 연신 신음을 흘렸다.

지금 그가 할 수 있는 최선은 그저 버티는 것뿐이었다.

물론 그조차 오래가진 못하겠지만.

빛의 가호가 점점 일그러지며 흐릿해져 간다.

칠흑의 역십자가가 주위를 돌며 정령 거인의 공세를 막아

내고 있었지만, 그조차도 계속해 금이 가고 있다.

"제덱스도 나름 대단하긴 했는데……."

그 모습을 지켜보며 카르나크는 느긋하게 뇌까렸다.

"그래도 엘레자르나 드렐타인에 비하면 아무래도 한 수 모자라긴 하지."

마침내 어둠의 장막이 붕괴했다.

거인의 육중한 주먹이 제덱스의 몸통을 후려갈겼다.

"크, 크어억!"

제덱스까지 해치운 후에야 정령 거인은 비로소 안식을 얻을 수 있었다.

융합 정령을 소환 해제시킨 뒤 카르나크가 세라티에게 눈짓을 했다.

"라피셀이랑 같이 시민들의 상태를 살펴봐. 난 저 친구를 마저 처리할 테니까."

얼핏 보면 사람들을 걱정하는 것 같지만 그녀는 진짜 속내를 금방 눈치챘다.

제덱스에게 걸린 영혼의 계약을 바꿔 써야 하니까, 라피셀이 알아차리지 못하게 이 자리에서 떨어트려 놓으란 소리다.

"알겠어요. 가자, 라피셀."

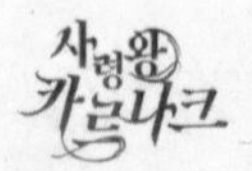

"네, 언니!"

세라티와 라피셀이 광장 맞은편으로 향했다.

카르나크도 바로스와 레번을 대동한 채 쓰러진 제덱스에게 다가갔다.

전신이 불탄 제덱스의 모습은 실로 참혹했다.

하지만 겉보기만큼 상태가 좋지 않은 것은 아니었다.

신성력이 여전히 생기를 유지, 보호하고 있으니 정신을 차리면 도로 덤벼들지도 모른다.

'그 전에 후딱 계약을 바꿔 써야지.'

아크 리치들의 경우에는 그냥 갈비뼈를 부수고 계약서를 꺼냈지만, 살아 있는 사람에게 그런 짓을 할 순 없다.

대신 쓰러진 제덱스의 가슴에 오른손을 얹고 카르나크는 정신을 집중했다.

"떠올라라, 영혼의 낙인이여."

불탄 피부 위로 칠흑의 기운이 피어올라 하나의 형상을 이뤘다. 마치 연기로 만들어진 양피지 같은 모습이었다.

그리고 그 끝에 적혀 있는 것은 틀림없는 테스라낙의 낙인.

'이제 이걸 바꾸기만 하면…….'

막 카르나크가 낙인을 건드릴 때였다.

갑자기 어둠의 양피지가 요동을 치기 시작했다.

"어어?"

"도련님?"

레번과 바로스가 놀라 카르나크 앞을 막았다.

허겁지겁 손을 떼며 카르나크가 혀를 찼다.

"젠장! 이중 함정이었나?"

테스라낙이 미리 조치를 취해 놓았던 모양이다.

정확히는 조치를 취할 수 있는 지혜를 내리고, 제덱스가 직접 시행했다고 해야겠지.

공허 너머의 테스라낙은 아직 현세에 직접 손이 닿지 않으니까.

"이 정도쯤이야!"

코웃음을 치며 카르나크는 재빨리 혼돈마력을 운용했다.

테스라낙이 직접 나섰다면 모를까, 제덱스가 펼치는 사령술이라면 어떻게든 빈틈을 찾을 수 있을 거란 생각에서였다.

정말 그것이 사령술이었다면 말이지만.

파아아아앗!

눈부신 빛이 제덱스로부터 터져 나왔다.

그렇다.

어둠이 아니라 빛이다.

'신성술?'

바로스와 카르나크가 서로를 돌아보며 당황 섞인 눈빛을 교차했다.

"도련님, 이거 그거 아니에요?"

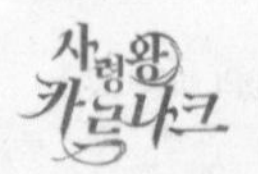

"켁! 저게 된다고?"

빛이 점점 커진다.

커져 가며 제덱스의 전신을 완전히 삼키고, 주위 사물까지 뒤덮어 간다.

"빛이여, 이 몸을 태워 당신의 권위를 드리우소서……."

눈부신 광채 속에서 신실한 목소리가 울렸다.

"……강신술, 검은 태양."

빛의 기둥이 하늘과 땅을 연결한다. 거대한 빛의 거인이 몸을 일으킨다.

여신의 힘이 지상에 강림하고 있었다.

더 이상 인간이 아닌 존재가 거리를 걷기 시작했다. 더 이상 인간이 아닌 존재가 입을 열어 음성을 토했다.

웅웅웅웅!

이미 인간의 언어조차 아니었다. 대기가 떨리며 기이한 굉음을 흘렸다.

바로스가 오만상을 찌푸렸다.

"안 좋은 기억이 떠오르네요……."

저 빛의 거인과는 초면이 아니었다. 전생 때 한 번 마주한 적이 있었다.

그것도 제덱스 본인을 통해서.

태양의 여신, 라티엘의 교황 제덱스 티엘란드가 최후로 일으킨 이적.

자신의 모든 것을 바쳐 여신의 권능을 지상에 현현하는 강신술, 붉은 태양이었다.

"그때도 엄청 고생했었는데……."

반면 카르나크는 납득이 가지 않는다는 얼굴이었다.

'저걸 썼다고? 지금 제덱스의 신성력으론 무리일 텐데?'

전생 때야 교황에 걸맞은 방대한 신성력이 있었으니 저 최후의 비술을 구사하는 게 가능했다.

하지만 현재의 제덱스는 잘해 봐야 추기경급이다. 그때와는 격차가 꽤 크다.

'아니, 살짝 다른가?'

카르나크는 눈을 가늘게 떴다.

빛의 거인으로부터 느껴지는 권능의 흐름을 따라가니 상황이 조금씩 보였다.

스스로를 바쳐 마지막 불꽃을 태운다는 점에선 붉은 태양과 흡사하지만…….

'그렇군. 모자란 만큼 어둠으로 때운 거야.'

그래서 검은 태양이라 칭한 것 같았다.

마법이건 신성술이건 사령술이건, 술법을 사용하는 데 있어 명칭은 현상을 현세에 고정시켜 주는 중요한 이정표다.

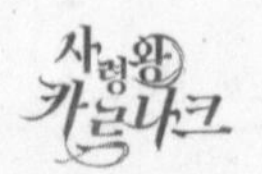

카르나크가 융합 정령을 개발하며 엘 라그나 테라스티아라는 새로운 명칭을 일부러 지은 것도 그런 이유다.

'테스라낙 그놈이 이런 면에선 나보다 낫네.'

카르나크는 신성력이나 마법을 함께 쓸 생각을 한 적이 없다. 그저 순수하게 사령술만 파고들었으니까.

반면 테스라낙은 빛과 어둠을 모두 지배하기 위해 시공 회귀를 꿈꾼다고 했던가?

빛과 어둠이 함께하는 눈앞의 거인을 보면 확실히 성과를 내고 있는 것 같다.

웅웅웅웅!

대기의 떨림이 점점 격해진다. 그러면서 조금씩 인간의 언어로 변화해 간다.

"카……르……나……크……."

바로스가 안색을 굳혔다.

"저런 점도 그때랑 똑같군요."

자신의 모든 것을 바쳤다는 건 지성과 인격마저 불태웠다는 소리.

빛의 거인이 된 제덱스에겐 자아마저 남아 있지 않다.

그저 마지막에 지정한 하나의 목표만을 향해 맹목적으로 달려들 뿐이다.

"문제는 그 목표가 나라는 거지."

인상을 구기는 카르나크의 머리 위로 빛의 거인이 입을 벌렸다.

빛의 입자가 모여들더니 이내 거대한 광주가 되어 지상으로 내리꽂힌다.

양손을 교차하며 카르나크가 빠르게 전언을 날렸다.

[다들 피해!]

무시무시한 폭음이 하르톨 시티를 뒤흔들었다.

콰아아아앙!

울림이 거리 가득 퍼진다. 빛의 장막이 땅 위를 덮어 간다.

쿵! 쿵! 쿵!

5미터가 넘는 빛의 거인이 움직일 때마다 사방으로 광채의 파문이 퍼졌다.

파문이 닿는 거리가 계속해 분쇄되고 붕괴되어 갔다.

그렇게 주변을 휘젓고 다니며 계속 불타는 광채를 토해 낸다. 섬광이 스치는 곳마다 폭음이 연달아 터진다.

콰콰콰쾅!

그 속에서 카르나크와 바로스, 레번은 정신없이 공세를 피하느라 바빴다.

그나마 숲에 비해선 장애물이 적어 마법사인 카르나크도

운신을 어느 정도 할 수 있다는 점이 다행이었다.

막 골목 하나를 돌아 또다시 거인의 시선을 피할 때였다.

뒤늦게 세라티와 라피셀이 달려오고 있었다.

오자마자 라피셀이 근심 어린 기색으로 물었다.

"괜찮으세요, 카르나크 님?"

반면 세라티는 쌍심지부터 켰다.

"아니, 잠깐 자리 좀 비웠더니 그새 사고를 치셨어요?"

억울해하며 카르나크가 반문했다.

"야! 이게 왜 내 탓인데?"

하긴, 실제로 카르나크가 뭔 짓을 한 건 아니다. 서운할 만한 말이긴 했지.

"죄송해요. 이건 제가 말을 잘못했어요."

솔직하게 사과한 뒤 세라티가 빠르게 물었다.

"뭐가 어떻게 된 거예요?"

카르나크도 빠르게 답했다.

"이중 함정이었어. 제덱스한테도 함정이 걸려 있더라."

이 정도면 현 상황에선 충분한 대답이었다.

무슨 함정인지 사정이 어떤지는 나중에 천천히 확인해도 된다. 지금은 저걸 어떻게 해치워야 하는지가 중요하다.

"약점은요?"

난처해하며 카르나크와 바로스가 서로를 바라보았다.

"저거 약점이랄 게 있었나?"

"딱히 없다고 봐야죠? 그냥 순수하게 센 경우라서."

레번이 전언으로 바꿔 질문했다.

[예전에도 싸워 봤다고 했죠? 그때는 어떻게 대처했습니까?]

[그땐 딱히 약점을 찾을 필요가 없었지.]

당시의 카르나크는 이미 사령왕이라 불리고 있었다. 바로스 역시 데스 나이트로 악명을 떨치던 시절이었다.

둘 다 충분히 강해진 후인 것이다.

[그래서 고생은 좀 했지만 결국 해치웠어.]

문제는, 그만큼 강해진 후에도 고생해서 해치워야 했다는 점이다.

그런데 지금은?

[한계 시간 다 될 때까지 도망 다니는 수밖에 없을 것 같은데?]

저건 한 번에 모든 걸 불사르는 방식이라 당장은 어마어마한 권능을 보일 수 있지만 시간이 지나면 제풀에 꺼져 버리는 수법이다.

[뭐, 그게 약점이라면 약점이겠군.]

하지만 이대로 도망치기에도 문제는 있었다.

'시민들 버리고 우리끼리 도망가도 되려나, 근데?'

적어도 라피셀만큼은 절대 허락하지 않을 게 뻔한 것이다.

잠시 고민하던 카르나크가 해결책을 찾았다.

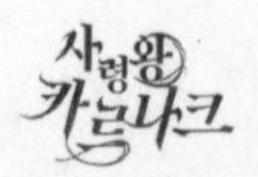

'이렇게 말하면 되겠네.'

자고로 말이란 아 다르고 어 다른 법.

모두를 돌아보며 지시를 내린다.

"여기서 싸우면 시민들이 위험해지겠지. 저놈을 다른 곳으로 유인한다!"

각오 서린 얼굴로 라피셀이 검을 고쳐 쥐었다.

"네!"

불타 버린 하르톨 시티 남부의 한 건물 옥상.

"여기다, 괴물 놈아!"

흑발의 청년 마법사가 확성 마법으로 고함을 터트린다.

"난 여기 있다! 시민들은 건드리지 마라!"

안 그래도 열심히 상대의 위치를 찾던 빛의 거인이었다. 바로 발걸음을 돌렸다.

고함을 터트린 청년도 바람 마법을 사용해 건물 아래로 뛰어내렸다.

거리 사이를 빠져나가는 청년 뒤로 빛의 거인이 쫓아간다.

거리 곳곳에서 굉음이 울린다.

쿵! 쿵! 쿵!

멀어지는 빛의 거인을 바라보며 시민들은 안도의 한숨을 내쉬었다.

"아아……."

"사, 살았나?"

"하지만 카르나크 남작님이……."

눈물이 나올 것 같았다.

저 진정한 영웅은 자신들을 살리기 위해 목숨을 걸고 저 끔찍한 괴물을 유인하고 있는 것이다.

"부디 무사하셔야 할 텐데……."

살아남은 이들이 할 수 있는 일은 그저 카르나크와 그 일행이 무사하기를 기원하는 것뿐.

저마다 믿는 여신에게 기도를 올렸다.

당연하겠지만, 기도를 올리는 대상 중엔 태양의 여신도 있었다.

"라티엘이시여, 부디 저 영웅을 가호하소서."

"그리하여 이 흑암의 밤을 밝혀 새로운 태양이 떠오르게 하소서."

덕분에 라티엘 교단의 성직자들은 묘한 표정을 짓고 있었다.

"그게……."

"어째 좀 느낌이……."

거인의 전신에서 발하는 빛의 기운이 너무 낯익었다.

"아니, 그럴 리가 없지."

어찌 악마를 부리는 추악한 사교도가 성스러운 라티엘의 권능을 쓰겠는가?

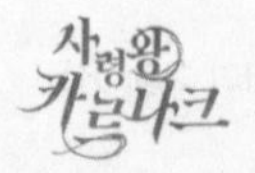

'그래, 절대 그럴 수 없긴 한데…….'

문제는 평생 갈고닦은 신성력이 저거 너네 거 맞다고 맹렬하게 부르짖고 있다는 점이다.

"기, 기분 탓이겠지요?"

"우리가 많이 지친 탓에 정신이 혼탁한 모양이오."

"그렇구려."

애써 무시하며 라티엘의 신관들은 시선을 돌렸다.

"어서 시민들을 구합시다! 부상자를 안전한 곳으로 옮기고 치유술을 펼치시오!"

"알겠습니다!"

빛의 거인이 입을 벌린다.

입자가 모여들며 거대한 구가 형성되더니 이내 한 줄기 섬광이 되어 거리를 갈랐다.

콰콰콰콰쾅!

대지를 파헤치며 밀려오는 파괴의 빛을 보며 카르나크는 치를 떨었다.

"또 저거냐!"

허겁지겁 건물을 따라 돌며 이동 마법을 더욱 강화시킨다.

"윈드 워크 맥시멈!"

바람의 이동 주문에 가속력이 붙어 그의 육체를 떠밀었다.

확연히 빨라진 카르나크가 단숨에 거리 저편으로 날아갔다.

아슬아슬하게 파괴의 섬광을 피한 뒤 오른손을 뻗어 마법을 구사!

"파이어볼!"

그리고 곧바로 양손을 교차하며 주문을 이어 간다.

"작렬하라, 익스플로전!"

커다란 화구가 거인에게 날아가 폭발을 일으켰다. 그리고 그 위로 또 한 번의 대폭발이 일었다.

콰! 콰콰!

하지만 소용없었다.

빛의 거인은 태연하게 계속 걸음을 옮길 뿐이었다.

부상은 고사하고 미동조차 하지 않는다.

'역시 이 정도론 먹히지 않나?'

4서클의 파이어볼과 5서클의 익스플로전 정도로는 통용되지 않는 것이다.

포효하며 빛의 거인이 다시 한번 파괴 섬광을 발사했다.

으오오오!

거대한 빛의 기둥이 땅을 내려찍는다.

대지를 모조리 파헤치고 건물마저 허공으로 띄우며 장대한 파괴의 현장을 일구어 낸다.

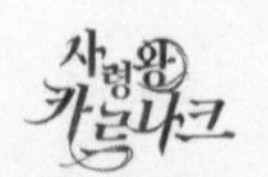

콰콰콰콰쾅!

계속 이동 마법을 펼치며 카르나크는 정신없이 공세를 피해 날았다.

그나마 다행인 건, 복잡한 숲의 구조에 비해 불탄 시가지는 상대적으로 장애물이 적은 편이었다는 점이다. 덕분에 카르나크의 반사 신경으로도 그럭저럭 회피 기동이 가능했다.

골목 사이로 몸을 숨기며 카르나크가 가쁜 숨을 내쉬었다.

'마령술을 써야 하는데…….'

그럴 틈이 없다.

마령술은 하급 마법으로 상급 마법의 위력을 발휘하게 해주는 강력한 수법이지만 그런 만큼 시전 시간이 길다는 단점이 있었다.

지금처럼 아차 하면 골로 갈 상황에선 쓸 수 없었다.

'그렇다고 아까와 같은 즉시 발동하는 마법은 써 봐야 씨알도 안 먹히고.'

갑갑해진 카르나크가 전언으로 버럭 소리를 질렀다.

[야! 시간 좀 벌어 보라니까 다들 뭐 하는 거야?]

굉장히 억울해하는 답변 3개가 동시에 돌아왔다.

[우리라고 노는 거 아닙니다!]

[최선을 다하고 있거든요!]

[칼이 안 박히는데 어쩌라고요!]

작은 소녀가 붉은 투기검을 쥔 채 땅을 박찬다.

일렁이는 섬광이 적색 궤적을 남기며 어둠을 아름답게 수놓는다.

"타아앗!"

실로 빠르고 예리하게 라피셀은 거인의 왼쪽 다리를 베고 지나갔다.

속도, 타이밍, 위력 모두 흠잡을 데 없는 동작이었다.

그 너머로 레번이 날아오른다. 붉은 검광의 잔상을 길게 남기며 거인의 오른쪽으로 파고든다.

순간 가속된 붉은 투기검이 거인의 등 뒤로 거대한 참격을 날린다!

-델피아드 검투술, 뇌왕의 일격!

빛과 투기가 충돌해 강대한 폭음을 일궜다.

대기가 흔들리다 못해 순간 터져 나가 귀청을 찢어 놓았다.

콰아아앙!

곧바로 세라티와 바로스의 공세 역시 이어졌다.

푸른 투기검이 호수처럼 청량한 빛을 뿌린다. 그리고 거대

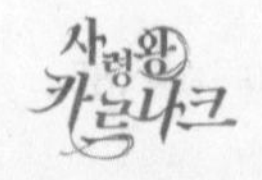

한 주먹과 충돌한다.

두 기세가 겹치며 화려한 불꽃이 튀어 올랐다. 잠시 거인의 움직임이 주춤거렸다.

그 틈을 노려 네 줄기 사슬검이 날아든다.

차르르륵!

투기의 사슬이 거인의 한 팔과 한 다리를 감쌌다.

상대의 동작을 제어하며 바로스는 연격을 날렸다.

"허어업!"

보랏빛 오러의 칼날이 거인의 목과 가슴을 연달아 내리쳤다. 자색급까지 경지를 끌어올린 것이다.

물론 빛의 거인 역시 얌전히 당하고 있지만은 않았다. 연신 손을 휘둘러 상대를 붙잡으려 했다.

하지만 바로스의 움직임이 더 빠르고 정확했다.

투기 사슬을 탄력적으로 운용하며 계속 거인과의 거리를 유지, 치명적인 반격을 가하고 또 가한다.

그렇게 4명의 오러 유저는 유기적으로 연계되어 쉴 새 없는 공세를 거인에게 퍼부었다.

콰! 콰쾅! 콰콰쾅!

실로 흠잡을 데 없는 합격술이었다.

설령 현시대의 무왕들이 이 자리에 있어 평가를 내린다 해도 이들에게 박한 점수를 줄 수는 없으리라.

하지만 그 결과는…….

"젠장, 진짜 하나도 안 먹혔잖아?"

빛의 거인을 노려보며 세라티는 치를 떨었다.

그렇게 치고 베고 두들겼는데도 빛의 거인은 멀쩡했다.

물리치긴 고사하고 부상 하나 없었다.

카르나크가 괜히 약점이 딱히 없다는 말을 한 것이 아니었다.

그냥 순수하게 권능의 총량이 너무 압도적인 것이다.

그러니 레번이나 라피셀의 수준으론 아예 공격이 먹히지도 않는다.

그나마 세라티는, 공격은 먹히지만 살짝 충격을 준 수준에 불과.

바로스는 그래도 눈에 띄게 피해를 줄 수 있는데, 그래 봤자였다. 잠깐 숨 돌리면 어느새 완전히 재생되어 있었다.

우오오오…….

빛의 거인이 이번엔 오러 유저들 쪽으로 고개를 돌렸다. 그리고 입을 벌렸다.

입자가 모여들더니 이내 수백 줄기의 광선이 되어 터져 나왔다.

무수한 섬광의 폭격이 4명을 노렸다.

"헉!"

"이런!"

다들 다급하게 몸을 날렸다.

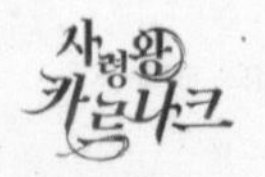

비처럼 쏟아지는 광선의 융단폭격 앞에서 취할 수 있는 선택지는 그리 많지 않다. 그저 범위 밖으로 피하는 것이 전부다.

콰콰콰콰콰쾅!

영원히 이어질 것만 같은 끔찍한 폭발을 끝으로 거인은 또 다시 몸을 돌렸다. 그리고 카르나크를 쫓기 시작했다.

멀어지는 거인의 등 뒤로 재투성이의 남녀 4명이 재차 모습을 드러냈다.

비록 몰골은 지저분하지만 그토록 무자비한 융단폭격에 당한 것치곤 다들 멀쩡한 모습이었다.

레번이 그 이유를 입에 올렸다.

"역시 저놈의 최우선 목표는 카르나크 님이군요."

아까부터 이런 식이었다.

빛의 거인은 카르나크만을 집중적으로 추격하고 있었다.

덕분에 오러 유저들은 뒤에서 열심히 거인의 배후를 노릴 수 있었다.

그런데 도통 공격이 안 들어가는 것이다.

발을 묶는 것조차 힘들 정도였으니 매번 거인의 반격에 날아가기 일쑤였다.

그나마 다행인 부분은, 저 거인의 살의는 오로지 카르나크에게만 향해 있다는 점이었다.

오러 유저들을 해치우려는 의지는 거의 없다. 그냥 방해물을 치운다 정도다.

[확실히 우리까지 죽이려 들지는 않는군요.]

[그나마 다행이긴 한데요…….]

레번과 세라티의 말에 카르나크가 쌍심지를 켰다.

[다행은 무슨 다행!]

반대로 말하면, 이들이 편한 만큼 카르나크는 죽을 맛이란 소리다.

[설마 도망가려는 거 아니지? 너희 둘은 내 권속이다? 나 죽으면 너희도 같이 죽어!]

어이없어하며 레번과 세라티가 항변했다.

[그렇게까지 말씀 안 하셔도 동료를 버리진 않습니다만?]

[우리가 움직일 수 있는 범위가 늘어나서 다행이란 소리였어요! 대체 사람을 뭘로 보는 거야?]

반면 바로스는 신기하다는 반응이었다.

[어? 그러게? 나 이제 권속 아니네? 그럼 도련님 죽어도 난 안 죽나?]

[바로스, 너, 이색개색박색…….]

마음이 급하다 보니 전언도 꼬인 모양이다. 바로스가 횡설수설하는 카르나크를 달랬다.

[농담입니다, 농담.]

바로스도 저 라티엘의 강신술에 대해 잘 알고 있었다.

어디까지나 현시점에서의 최우선 목표가 카르나크일 뿐.

그가 죽고 나면 다음 목표는 오러 유저들, 그리고 그다음 목표는 하르톨의 시민들이 될 터였다.

카르나크를 제물로 던진다고 상황이 종료되는 건 아니란 소리다.

그러니 틀림없는 농담이었지만, 듣는 입장에서야 어디 그런가?

[농담은 웃을 분위기일 때 하는 거야! 뒈지기 직전이 아니라!]

뭐, 말은 그렇게 했어도 가장 앞장서 제일 먼저 거인을 따라잡은 건 역시 바로스였다.

연신 투기검을 휘두르고 사슬검을 날리며 거인을 가로막는다.

어떻게든 카르나크에게 마법을 시전할 시간을 벌어 주기 위해 최선을 다하는 것이다.

하지만 여전히 상대가 되지 않았다.

아무리 마법을 날리고 오러를 쏘아 내도 전혀 상처를 줄 수 없었다.

오죽 다급했으면 세라티가 먼저 이런 말을 할 정도였다.

[카르나크 님, 플랜 P는 어때요?]

[엥? 플랜 P? 그거 하면 너 미치는데?]

[안 미치도록 정신 다잡아 볼게요! 일단 이 자리에선 살고 보자고요!]

[하, 하지만…….]

잠깐 카르나크가 갈등할 때였다. 바로스가 전언에 끼어들었다.

[소용없습니다.]

[왜요?]

[이젠 저도 세라티 경이랑 경지가 같잖아요.]

[아, 맞다.]

예전엔 세라티가 바로스보다 오러의 경지가 높았으니까, 경험만 철철 넘치는 바로스가 그녀의 몸을 차지해 그 이상의 위력을 내는 게 가능했다.

하지만 지금은 둘 다 똑같이 청색급이다.

심지어 바로스는 남성의 몸이며 본인의 육체. 세라티에 빙의해 봤자 더 약해질 뿐이다.

[그래서 전 도련님이 플랜 P는 염두에 안 둔 줄 알았는데요?]

[아니, 난 그냥 세라티 미치면 안 된다는 생각밖에 안 했는데…….]

오가는 전언에 세라티는 내심 놀랐다.

'어머? 웬일이래?'

저 카르나크가 저런 생각을 다 하다니, 살짝 감동이기도 했다.

물론 지금은 감동 따위 하고 있을 겨를 같은 건 없지만.

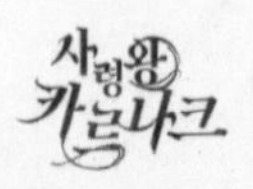

[계속 도망치세요!]

세라티의 말대로, 카르나크는 계속 불탄 거리를 가로지르며 빛의 거인으로부터 멀어지는 데 사력을 다했다.

그 뒤를 거인이 쫓고, 그 뒤를 바로스며 세라티 등 오러 유저가 쫓는다.

숨을 헐떡이며 레번이 전언으로 물었다.

[저거, 몇 분이나 남았습니까, 바로스 경?]

분명 한계 시간이 있다는데 아무리 봐도 꺼질(?) 기미가 안 보인다.

바로스가 이를 악물며 대꾸했다.

[몰라요!]

[엥? 왜 몰라요? 분명히 예전에 싸워 봤다고…….]

[그 전에 해치웠으니까요!]

예전에 빛의 거인을 상대했을 땐 사령왕 카르나크와 데스나이트 바로스였다. 충분히 상대를 해치울 기량이 있었다.

문득 바로스는 의문을 느꼈다.

'가만? 그땐 우리가 왜 도망 안 가고 정면으로 맞서 싸웠지?'

생각해 보니 사령왕 시절이라고 귀찮은 전투를 굳이 할 이유는 없었다.

내버려 두면 자멸할 놈을 일부러 맞상대한다고?

적어도 카르나크는 그런 정정당당한 성격이 아니었다.

바로 그때.

파아아앗!

빛으로 이루어진 거인의 신체가 사방으로 분산되며 허공을 날았다.

수십, 수백 줄기의 섬광이 카르나크의 도주로 앞쪽으로 내리꽂히더니 다시 뭉쳤다.

'아…….'

바로스는 혀를 찼다.

그때 왜 정면으로 싸웠는지 기억이 났다.

'저게 있었지, 참…….'

저놈 상대론 도망을 칠 수가 없다.

일정 거리 이상 멀어져 버리면 아예 분산된 빛무리가 되어 쫓아오니까.

눈앞을 가로막은 빛의 거인을 보며 카르나크가 신음을 흘렸다.

"미치겠네……."

포효가 터진다. 거대한 빛의 주먹이 카르나크를 내려친다.

고오오오!

맞으면 골로 갈 판이니 가만있을 순 없다.

사력을 다해 카르나크는 바람 걸음의 주문을 펼쳤다.

'아오! 진짜 쉴 틈을 안 주네!'

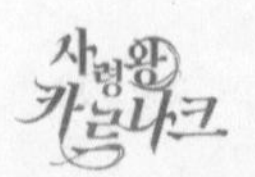

차르르륵!

아슬아슬하게 표적을 놓친 거인의 양다리에 보랏빛 사슬검이 날아들었다.

네 줄기 투기의 사슬이 거인의 두 발목을 묶었다.

거인의 거체가 순간 흔들렸다. 사슬검의 반대쪽이 근처 건물에 얽혀 있는 탓이었다.

바로스의 체중으로는 거인의 발을 붙잡아 봐야 당연히 효과가 없겠지만, 이렇게 하면 잠깐은 움직임을 제어할 수 있는 것이다.

물론 거인이 두 다리에 힘을 주는 것만으로 투기 사슬은 이내 박살 났다.

보랏빛 파편이 사방으로 흩어져 허공에 녹아내렸다.

바로스가 허겁지겁 전언을 날렸다.

[세라티 경! 뒤를!]

건물 옥상에 올라간 세라티가 신호에 맞춰 후속타를 넣는다.

청색의 투기가 길게 늘어져 거인의 후두부를 강타한다.

[레번 경은 이 틈에 바로 치고 빠지고!]

붉은 오러로 전신을 강화한 레번이 섬전처럼 파고들어 일격을 가한다.

빛으로 이루어진 피부 위에 긴 충격음을 일구고 바로 도주한다!

콰! 콰쾅!

연이은 폭발 속에서 바로스는 계속 전언으로 지시를 내렸다.

[쓰러뜨릴 필요 없습니다! 방해물로 인식되기만 하면 돼요!]

이 은밀한 마법 전언은 단순히 비밀 이야기를 할 수 있다는 것 이상으로 전투에 효용이 많다.

정신없이 뛰어다니고 칼 휘두르고 주문 외워야 하는 판국에 음성으로 떠들어 대는 건 결코 현명한 판단이 아니다. 조금만 실수해도 호흡 꼬이기 십상인데?

더구나 너무 거리가 멀어지면 목소리도 닿지 않고, 상대에게 이쪽 작전이 들통날 위험도 있으며, 음성의 한계가 있으니 빠른 의사소통도 힘들다.

하지만 은밀한 전언 마법이라면 이 모든 단점이 사라진다.

그럼에도 이 마법을 쓰는 이들이 얼마 없는 이유는, 운용 난이도가 지나치게 높기 때문이었다.

번역 목걸이 제작과 비슷한 경우다.

번역 마법 자체는 9서클 마법 부여 계열이지만 목걸이를 실제로 만들 수 있는 건 대마법사 디오그레스의 여명탑밖에 없다. 심지어 엘레자르나 기옌 렌도 불가능하다.

워낙 술식이 세밀하고 방대해, 다수의 전문가가 아니고서는 설령 대마법사라 할지라도 '제대로' 만들 수 없는 것이다.

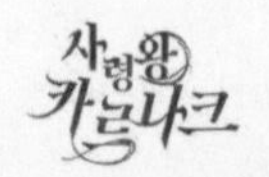

마찬가지로, 은밀한 마법 전언 역시 마력 소모 자체는 극히 적었다. 한 3서클 마법사 정도면 시전은 가능했다.

하지만 제대로 써먹으려면 실로 섬세한 마력 운용이 필수다.

마법을 걸 때 조금만 마력 흐름이 헝클어져도 소통 도중 노이즈가 끼게 된다.

뭐, 운용 능력은 남부럽지 않은데 마력만 모자랐던 카르나 크로서는 딱히 어려울 것이 없었지만.

[계속 몰아붙여요!]

바로스의 지시에 따라 오러 유저들은 빛의 거인을 계속 공략해 갔다.

라피셀은 은밀한 전언의 혜택을 보지 못하지만, 그럼에도 별문제는 없었다.

그냥 눈치만으로 바로 전술을 파악해 따라오는 것이다.

심지어 그 와중에 감탄도 좀 했다.

'역시 베테랑은 다르구나! 이렇게 아무 말 없이 손발이 척척 맞다니!'

그렇게 바로스와 세라티, 레번과 라피셀은 거인의 주위를 연신 맴돌았다.

"타앗!"

"헙!"

"이야압!"

딱히 피해는 못 주지만 그럼에도 계속 정신을 흐트러뜨린다.

카르나크에게 조금이라도 마법 시전할 시간을 벌어 주기 위해서다.

연달아 쏟아지는 일행의 공세에 빛의 거인이 고개를 돌렸다.

그 틈에 카르나크도 재빨리 마령술을 준비했다.

막 주문을 외우는 그를 향해 수십 줄기의 섬광이 날아들었다.

'제길! 또야?'

저 빛의 거인은 딴 데 정신을 팔면서도 섬광 일부는 꼭 카르나크에게 마저 날리는 것이다.

한 손으론 벌레 쫓으면서도 다른 한 손으론 할 것 계속하는 느낌이랄까?

허겁지겁 술식을 취소하며 카르나크가 몸을 날렸다.

콰콰콰쾅!

피한 자리 위로 폭발이 일어났다.

딱히 정교하지도 빠르지도 않은 공격이라 피하는 건 그리 어렵지 않았다.

곧바로 섬광의 폭격이 그를 노리고 쫓아온다.

재차 윈드 워크를 펼치며 카르나크는 식은땀을 흘렸다.

이대로는 대책이 없다. 뭔가 다른 수를 궁리해야 할 때다.

바로스가 전언으로 의견을 냈다.

[그냥 사령술 쓰시면 안 됩니까, 도련님? 인간답게 사는 것도 좋지만 일단은 살고 봐야죠!]

물론 카르나크도 저런 착한 이유로 사령술 안 쓴 건 아니다.

[써서 먹힐 것 같았으면 나도 진작 썼지!]

아무리 어둠이 섞였다 해도 일단은 신성술이다.

자고로 성스러운 힘은 사령술의 상극인 법.

심지어 기적이라 불릴 정도의 최고위 강신술, 라티엘 교단의 비장의 한 수다.

[격차가 커도 너무 커! 지금 내 사령력으론 비벼 봐야 답이 안 나온다!]

역시공 초월체의 마력을 빌릴 수 있는 혼돈마법이 차라리 가능성이 높았다.

[물론 단기적으로 사령력을 증폭시키면 방법이 없는 것은 아닌데…….]

레번이 다급히 물었다.

[단기간에 증폭시킬 수 있는 방법이 있습니까?]

가능한 것이라면 하는 게 좋지 않을까 싶어 질문을 잇는다.

[그게 뭔데요?]

하지만 그는 알았어야 했다.

왜 그 순간 세라티가 '아이고, 그건 진짜 아닌데. 보나 마나 뻔한데.' 같은 표정을 지었는지를 말이지.

[시체 먹기.]

[……네?]

[시체 먹기라고. 죽은 사람 시체.]

그렇다.

누누이 말하지만, 사령술이 만인의 경멸을 사게 된 데는 다 이유가 있는 것이다.

[……죄송합니다. 다른 방법을 찾아보죠.]

카르나크가 허겁지겁 첨언했다.

[혹시나 오해할까 봐 말해 두는데, 전생 때의 나도 저런 짓까진 한 적 없다? 아무리 그래도 사람이 거기까지 떨어지면 안 되겠구나 싶더라고.]

어쨌거나, 이걸로 사령술에 대한 미련만큼은 확실하게 버릴 수 있게 되었다.

쇄도하는 거인의 공세를 피해 카르나크는 계속 시가지를 누볐다.

윈드 워크의 마법을 연신 발동해 건물과 건물, 골목과 골목을 스쳐 지나간다.

예전 같았으면 마력은 충분해도 체력이 고갈되어 슬슬 나가떨어질 때였다.

그런데 의외로 몸이 꽤 버텨 주고 있었다. 좋은 것 챙겨 먹고 열심히 운동한 보람이 있긴 한 것이다.

체력이 붙었다는 건 단순히 육체 능력의 상승만을 의미하지 않는다.

정신은 육체의 속박에서 벗어날 수 없으니, 체력이 오르면 두뇌 회전도 더 영민하게 되는 법.

'아, 이거라면 혹시?'

문득 뇌리에 대책이 떠올랐다.

[다들! 저놈 발 묶는 건 포기해!]

마력을 끌어 올리며 카르나크가 전언을 날렸다.

[대신 전력으로 딱 5초만 버텨!]

바로스와 세라티가 시선을 교환했다.

'5초?'

'그 정도라면 어떻게든…….'

이제까진 순차적으로 덤벼들며 어떻게든 공격의 흐름을 끊지 않으려 노력했다. 카르나크에게 최대한 시간을 벌어 주는 게 목적이었으니까.

하지만 아주 잠시만 발을 묶어 두는 게 목표라면 이야기가 다르다.

그냥 5초간 전력으로 덤벼든 다음, 위험해지기 직전에 일제히 빠지면 되는 것이다.

"타아앗!"

양손으로 투기 사슬검을 던지며 바로스가 몸을 날렸다.

세라티와 레번, 라피셀도 곧바로 뒤를 따랐다.

거인의 머리와 어깨, 발목을 동시에 공략한다. 최대한 상대의 시선을 끌어내리려는 속셈이다.

형형색색의 오러가 거인 주위를 어지럽게 번뜩인다.

빛의 거인도 바로 반격했다.

우오오오!

양팔을 거칠게 휘젓자 허공에 입자의 안개가 펼쳐지며 광선이 비처럼 내린다.

쏟아지는 파괴의 비가 대지를 연달아 후벼 파며 폭발한다.

콰콰콰콰쾅!

쏟아지는 거인의 공세 앞에 다들 최선을 다했다.

때론 피하고, 때론 튕겨 내며 전력을 다해 빛의 거인을 가로막았다.

그렇게 찰나의, 하지만 일행에겐 억겁처럼 길게 느껴지는 5초가 지나갔다.

마침내 카르나크가 마법을 완성했다.

"일어서라, 대지의 혼들이여!"

30기가 넘는 골렘이 거리 곳곳에서 좀비처럼 기어 나오기 시작했다.

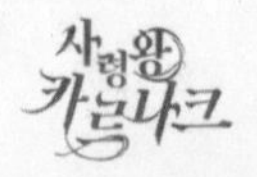

마령술의 일종인 골렘 일제 소환이었다.

사령술을 응용한 수법이다 보니 연출이 살짝 음침해 보이는 건 어쩔 수 없었다.

쿵! 쿵! 쿵! 쿵!

거친 발걸음 소리와 함께 골렘들이 빛의 거인에게 달려들었다.

선두의 골렘들은 바위 주먹을 휘두르며 육탄 돌격을 감행하고, 후미의 골렘은 일제히 손을 뻗어 마탄을 발사한다.

물러서서 호흡을 고르던 레번이 인상을 썼다.

'이거, 너무 약해서 별 타격을 주지 못하겠는데?'

골렘들이 분투하긴 했지만 거인을 어찌하진 못했다.

육탄 돌격을 감행한 놈들은 통째로 으깨지고 박살 나 돌가루로 돌아간다.

후미에서 쏘아 낸 마탄도 거인의 피부에 튕겨 나갈 뿐이다.

하지만 카르나크는 실망하지 않았다.

어쨌거나 계속 거인의 발을 묶고는 있으니까.

처음부터 이중으로 시간을 벌 속셈이었던 것이다.

간신히 확보한 이 귀중한 시간을 허투루 쓸 순 없다.

카르나크가 곧바로 다음 마법을 준비했다. 주위로 네 종류의 마법진이 명멸하며 떠올랐다.

"와라, 엘 라그나티아!"

불의 정령 거인이 뜨거운 열기와 함께 웅장한 거체를 드러냈다.

그뿐만이 아니다.

물의, 바위의, 바람의 정령 거인도 속속 모습을 보인다.

그리고 또다시 불의 거인이 불타는 육체를 지상에 현현한다.

'성공이다!'

정령 연속 소환, 현재 카르나크가 구사할 수 있는 최강의 마법이었다.

파괴력 면에서 9서클 못지않으며, 지속력 역시 우수하고, 무엇보다 숫자가 많으니 시간 끌기엔 제격.

이것이라면 최악의 상황이라도 제덱스가 펼친 강신술의 한계 시간까진 버틸 수 있으리라!

의기양양하게 카르나크가 명령을 내렸다.

"가라! 저놈을 박살 내 버려!"

정령 거인들이 일제히 빛의 거인에게 덤벼들었다.

확실히 골렘 무리가 덤볐을 때와는 기세가 달랐다.

빛의 거인과 비교해도 크게 떨어지지 않는 거체에, 지닌 기운 역시 크게 밀리지 않는다.

무엇보다 숫자가 많다.

쾅! 콰광! 콰콰콰쾅!

빛의 거인 주위로 연신 폭음이 일었다.

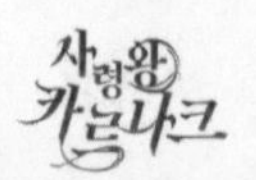

거인이 비틀거리며 뒤로 물러섰다. 지상에 현현하고 처음으로 보이는 약한 모습이었다.

'좋아, 이대로 버티기만 하면…….'

카르나크의 입가에 미소가 떠오를 때였다.

빛의 거인이 양팔로 머리를 감싸더니 허공에 포효를 터트렸다.

우오오오!

마치 하늘에 대고 뭔가를 호소하는 듯한 모습이었다.

거인의 주위로 빛의 파동이 고리를 이루며 사방으로 퍼져나갔다.

파아아앗!

파문이, 소환된 정령 거인들을 차례로 뒤덮으며 지나간다.

빛에 휘감긴 정령들이 약속이나 한 듯 일제히 동작을 멈췄다.

카르나크의 표정이 일순 굳었다.

'어?'

제덱스가 펼쳤던 신성술, 해방의 빛이었다.

'저 상태로도 저걸 쓸 수 있다고?'

예전엔 저런 복잡한 권능까지 구사하진 못했다. 지성이 남아 있지 않았으니까.

그저 순수한 여신의 권능 그 자체만을 단순하게 휘두를 뿐이었다.

'지금은 어째서? 어둠이 뒤섞여서? 그런데 어둠이 뒤섞인다고 저런 식으로 신성술을 쓸 수 있나?'

정령 거인들이 일제히 흐릿해지기 시작했다.

소환이 해제되는 현상이었다.

해방의 빛이 얽매인 자들을 뒤덮었으니 당연한 결과였다.

기껏 준비한 대책이 물거품이 되었다. 카르나크가 이를 갈았다.

"제기랄……."

그런데 예상 못 한 일도 하나 터졌다.

"아아아악!"

갑자기 라피셀이 비명을 터트리며 머리를 부여잡은 것이다.

놀란 세라티와 레번이 그녀를 돌아보았다.

"라피셀?"

"갑자기 왜?"

카르나크의 안색이 창백해졌다.

'아차!'

방금 빛의 거인은 해방의 빛을 쏘아 냈다. 그리고 그 빛은 정령 거인들뿐만이 아니라 카르나크 일행을 비롯하여 이 일대를 전부 뒤덮고 지나갔다.

그런데 라피셀의 머릿속엔 카르나크가 봉인해 놓은 옛 기억이 있지 않은가?

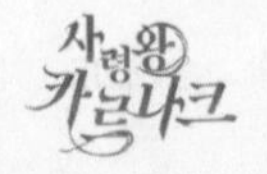

영혼이 난도질된 채 수십 년 동안 지옥을 거닐었던 그 끔찍한 고통의 기억이.

"아아아아아악!"

시프라스의 무왕

간신히 꿰매어 놓은 영혼의 흉터가 다시 벌어진다. 깊이 파묻었던 기억이 수면 위로 떠오른다.

목소리가 들려왔다.

구원을 갈구하는 사람들의 목소리였다.

－라피셀 님! 살려 주세요!

－구해 주세요, 라피셀 님!

그녀는 한탄했다.

“아아…….”

그녀는 시프라스의 무왕이었다.

사람들을 지켜야 할 의무가 있었다. 목숨, 명예, 그 무엇을 희생해서라도 지켜야 할 의무였다.

하지만 지키지 못했다. 결국 꺾이고 말았다.

검은 부러지고 영혼은 갈기갈기 난도질당했다.

스승님이 물려주신 무왕의 명예조차 잃어버리고 악의 주구로 전락해 버렸다.

죽은 자가 되어, 죽은 자의 명령에 복종해, 죽은 자의 왕을 지키며 산 자를 해하고 죽였다.

사람을 해할 때마다 영혼이 마모된다.

산 자를 죽일 때마다 정신이 메말라 간다.

아프다. 미칠 것 같다. 아니, 이미 미쳐 버린 지 오래다.

수십 년의 기억이 물밀듯이 밀려들어 온다. 수십 년의 세월이 전신을 난자한다.

"으으……."

간신히 정신을 다잡으며 그녀는 눈을 떴다. 그리고 주위를 둘러보았다.

동료들이 그 자리에 있었다.

카르나크, 바로스, 세라티, 레번.

믿고 따르는 소중한 동료들이었다. 천애 고아인 그녀를 다정하게 대해 주는 좋은 사람들이었다. 사심 없이 사람들을 지키는 영웅들이었다.

동시에, 용납할 수 없는 악이 그 자리에 있었다.

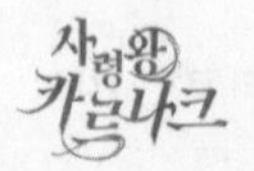

불변의 악, 현세에 강림한 지옥, 그리고 어둠에 영혼을 팔아 버린 사악한 주구들.

혼란스럽다.

라피셀은 손에 쥐인 검을 천천히 들어 올렸다.

"카르나크……."

붉은 입술 사이로 서슬 퍼런 목소리가 새어 나왔다.

"……저주받을 사령왕!"

굳은 얼굴로 카르나크는 눈앞의 소녀를 바라보았다.

"이런……."

더 이상 그를 따르던 어린 라피셀이 아니었다.

표정이 전혀 다르다. 소녀의 눈빛은 저렇게나 깊이 가라앉을 수가 없다.

시프라스의 무왕, 라피셀 크로테움이 깨어났다!

"하필 이 타이밍에……."

레번 역시 라피셀의 상태에 대해선 들은 바가 있었다.

[설마 과거의 기억이 돌아온 겁니까?]

[그래!]

[그럼 이제 어떻게 합니까?]

[그, 글쎄……?]

아무 대책도 떠오르지 않기에, 카르나크는 아무 대답도 하지 못했다.

바로스와 세라티도 어찌할 바를 모르긴 마찬가지였다.

하지만 고민은 길지 않았다.

고민이 해결되어서가 아니라, 느긋하게 고민이나 하고 있을 만큼 상황이 여유롭지 않은 탓이었다.

여태 그 난리를 친 이유가 무엇이었나?

빛의 거인으로부터 조금이라도 시간을 벌어 보고자 한 것 아닌가?

그런데 이제 와서 상대가 이쪽을 그냥 두고 볼 리 없는 것이다.

라피셀이 깨어나건 말건 알 바 아니고, 당장 눈앞의 카르나크를 쳐 죽이는 게 급선무!

우오오오!

포효하며 빛의 거인이 섬광의 비를 쏟아 냈다.

치를 떨며 카르나크가 윈드 워크를 발동했다.

"아오! 진짜!"

거인이 카르나크를 쫓기 시작했다. 바로스와 세라티, 레번도 허겁지겁 뒤를 따랐다.

라피셀은 모두를 따르지 않았다.

그저 제자리에 선 채 신음할 뿐이었다.

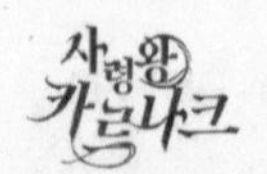

뼈로 된 삶은 고통스러웠다.

썩어 가는 육신에 갇혀 지내는 삶은 더욱 고통스러웠다.

육체를 모두 잃고 무기물에 달라붙어 지내는 삶은 지옥 그 자체였다.

하지만 이들 중 어느 것도, 영혼이 갈기갈기 찢길 때보다 고통스럽진 않았다.

"아아……."

너무도 오랜 시간, 너무도 지독한 세월이 기억에 아로새겨졌기에 떠올리는 것만으로 모든 고통이 생생하게 되풀이되고 있었다.

고통이 분노를 낳고, 분노가 증오를 낳으며, 증오가 살의를 낳는다.

이 모든 아픔과 분노, 증오와 살의가 어우러져 한 사내에게로 향한다.

세상을 멸한 자, 사령왕 카르나크.

라피셀의 전신에서 살기가 피어올랐다.

심연보다 깊고, 지옥보다 무거운 증오와 분노의 살의였다.

"카……르……나……크……."

또 다른 기억이 수면 위로 비친다.

작고 어리석은 잿빛 머리 소녀가, 사람들을 구하려 동분서

주하는 젊은 청년을 바라본다.

알고 있다.

저건 가식일 뿐이다. 거짓이며 속임수에 불과하다.

그는 변할 수 있는 자가 아니다. 절대 불변의 악이다.

하지만…….

—여신이시여…….

—어째서 이런 일이…….

힘없는 시민들은 물론이고 전사들과 마법사들마저 공포에 젖어 갈 때, 공포에 질린 아이가 힘없이 울음을 터트릴 때.

그녀는 저들을 구하지 못했다.

하지만 그는 구했다.

—하염없이 구원만을 기다리지 마라! 스스로 일어나라! 살고자 발버둥 쳐라!

—그리하면 내가 살려 주겠다!

변할 수 없는 악 중의 악이 사람들을 구했고, 또 구하기 위해 몸을 던지고 있다.

"하아……."

한숨을 내쉬며 라피셀은 검을 움켜쥐었다.

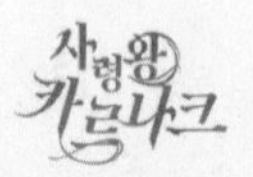

여전히 고통의 기억이 그녀의 영혼을 난도질하고 있었다. 이 고통이 주는 분노와 증오는 틀림없이 심연보다 깊고 지옥보다 무거웠다.

하지만, 공포에 떠는 아이가 힘없이 흘리는 눈물보다 무겁진 않았다.

거인이 연신 성스러운 빛을 발산하며 주위를 박살 낸다.

쾅! 콰콰쾅!

섬광을 피해 한창 사슬검을 휘두르던 바로스의 표정이 순간 굳었다.

'윽!'

조금 떨어진 곳에서 격렬하게 타오르는 오러의 기운이 느껴졌다.

라피셀이었다.

그녀의 전신이 붉은 투기로 휘감기며 무시무시한 살기를 발하고 있었다.

'여기서 라피셀까지 적으로 돌변하면 진짜 골치 아픈데.'

작은 소녀가 거리를 가로지르며 돌진하기 시작했다.

다가오는 라피셀의 기세에 다들 긴장하며 경계 태세를 취할 때였다.

"헙!"

짧은 기합과 함께 그녀가 투기검으로 거인의 어깨를 길게 긋고 지나쳤다.

덕분에 세라티를 노리던 파괴 섬광이 빗나가며 엉뚱한 곳을 때렸다.

"……라피셀?"

자신을 도와주는 그 모습에 세라티가 눈을 가늘게 떴다.

'다시 기억이 봉인된 건가?'

그건 아닌 듯했다.

건물 옥상 위에 안착한 라피셀이 바로스를 돌아보며 싸늘한 목소리를 토했으니까.

"로드 바로스."

바로스도 굳은 얼굴로 라피셀을 돌아보았다.

"……라피셀 경."

"그대를 보고 있자니 당장이라도 검을 들어 베고 싶은 마음이 간절하지만……."

말하다 말고 라피셀이 다시 몸을 날렸다. 거인이 그녀를 노리고 두 팔을 휘저은 탓이었다.

가볍게 피해 착지하며 말을 잇는다.

"지금은 시민들을 구하는 게 우선이겠지. 그러려면 저 괴물부터 처리해야 하고."

예상외로 굉장히 차분하다. 분명히 엄청난 영혼의 고통이 지금도 전신을 짓누르고 있을 텐데도.

천하의 카르나크라도 감탄해 마지않을 정신력이었다.

'세상에, 저 상황에서도 사람들을 구해야 한다는 생각이 우선시되는 거야?'

누가 전(前) 사령왕 아니랄까 봐, 감탄도 싸가지없게 해서 문제지만.

[재, 저 정도면 정신병 아니냐? 거의 강박증 수준인데?]

[제발 좀 닥쳐요, 이 뻔뻔한 인간아!]

한 소리 던져 준 뒤, 세라티는 다시 라피셀을 바라보았다.

그녀는 반대쪽 거리의 카르나크를 향해 다가가고 있었다.

근처에 착지한 뒤 차분한 어조로 말을 건다.

"불변의 악이여."

"으, 응?"

눈치를 보며 카르나크가 낮은 목소리로 대꾸했다.

찔리는 게 워낙 방대하다 보니 눈치를 안 볼 수는 없었다.

"도저히 믿을 수 없는 일이지만 지금의 당신은 사람들을 구하려 하고 있다. 그러니 돕겠다."

"아이일 때의 기억이 있는 건가?"

라피셀은 대답하지 않았다. 대신 행동으로 보여 주었다.

바로 둘의 이름을 부른 것이다.

"세라티 경, 레번 경."

레번은 그렇다 쳐도 세라티의 이름을 안다는 건, 어린아이일 때의 기억이 그대로 있다는 의미다.

빛의 거인이 다시 카르나크에게로 달려온다.

쿵! 쿵! 쿵! 쿵!

검을 들어 상대를 겨누며 라피셀이 말을 이었다.

"따라오세요. 타락한 태양을 상대하는 법을 보여 드리죠."

작고 어린 소녀에게서 알 수 없는 위압감이 느껴진다.

둘 다 자기도 모르게 고개를 끄덕였다.

라피셀이 몸을 날렸고 두 사람도 뒤를 따랐다.

마찬가지로 거인에게 달려들며 바로스가 물었다.

"저 거인의 약점을 알고 있었나, 라피셀 경?"

라피셀의 입가에 희미한 미소가 떠올랐다.

"알고 있었던 게 아니야."

기억이 돌아오고 처음으로 보이는 미소였다.

"지금부터 알아내는 거지, 언제나 그랬던 것처럼."

라피셀이 검을 털었다. 붉은 투기검이 푸르게 변했다.

웅웅웅웅!

바로스처럼 오러의 경지를 강제로 끌어올린 것이었다.

자색급까지 끌어올렸던 예전에 비해 지금은 오러양 부족인지 청색급 정도가 한계인 듯했다.

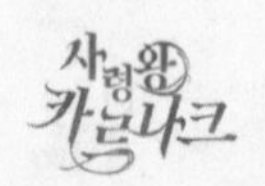

"헙!"

호흡을 고르며 거인의 발치로 낮게 파고든다.

거인이 빛의 채찍을 길게 후려갈긴다.

지그재그로 공세를 피하며 라피셀이 청색의 오러를 길게 올려 베었다.

잠깐 거인의 다리에 자상이 생기더니, 이내 빛이 상처를 메워 버렸다.

"이건 아닌가?"

라피셀의 표정엔 변함이 없었다.

"그렇다면 이건……."

바로스와 세라티, 레번도 합세해 거인의 사방을 노린다.

모두의 공세 사이로 라피셀도 계속 참격을 날렸다.

문득 그녀가 혼잣말을 흘렸다.

"그렇군."

어느 순간, 거인의 빛무리가 흐트러지며 상처 일부가 일그러진다.

이제까진 아무리 공격해도 씨알도 먹히지 않았는데, 이번엔 재생 속도가 현저히 떨어진 것이다.

"이런 거였나?"

납득한 얼굴로 라피셀이 이번엔 거인의 팔뚝을 깎아 치며 베어 갔다.

빛의 파편이 사방으로 튀며 거인이 뒤로 물러섰다. 고통스러운 포효가 터졌다.

우오오오!

처음으로 넣은 유의미한 피해였다.

놀란 세라티가 라피셀을 돌아보았다.

'어, 어떻게 한 거지?'

밑에서 지켜보던 카르나크가 고개를 끄덕였다.

'그래, 라피셀은 원래 저랬지.'

4대 무왕 중에선 최약이었지만, 모르는 상대와 처음 싸울 땐 틀림없이 최강.

어떤 상대라도 결국은 허점과 공략법을 찾아내는 천재 중의 천재가 바로 그녀였다.

공략법 제일 많이 털린 게 바로 카르나크 본인이니 모를 수가 없는 것이다.

심지어 라피셀을 상대하기 전엔 카르나크조차 자신의 술법에 그런 약점이 있는 줄 몰랐던 경우가 다반사였다.

우오오오오!

부상을 당한 빛의 거인이 더욱 분노하며 날뛰기 시작했다.

온갖 섬광과 파괴의 빛이 미친 듯이 흩날린다.

콰광! 콰콰광! 콰콰콰광!

애써 공세를 피해 라피셀에게 다가가며 바로스가 다급히 물었다.

"혼자만 알고 있지 말고 설명 좀 해 주지 그래?"

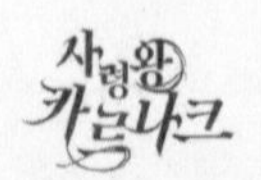

"보면 안다, 로드 바로스."

마찬가지로 공세를 피해 내며 라피셀이 빠르게 대꾸했다.

"당신에겐 그럴 능력이 있다. 단지 눈치채지 못했을 뿐."

"어떻게?"

"상대와 나 사이에 비치는 빛과 검극의 차이를 살펴라."

순간 세라티가 눈을 깜빡였다.

'네?'

너무 뜬금없는 설명이라 순간 광선 맞을 뻔했다.

귀신 씻나락 까먹는 소리도 정도껏이지, 세상에 저딴 설명을 듣고 알아들을 인간이 어디 있…….

"아!"

"그렇군!"

둘이나 있었다.

바로스와 레번이 눈을 빛내더니 빛의 거인에게로 달려든 것이다.

바로스의 투기검이 거인의 옆구리를 시원하게 긁어 갔다.

콰아아앙!

거인의 상처가 아까와 달리 극히 느리게 아물어 간다.

홀로 남은 세라티가 허망한 표정을 지었다.

'또 나만 못 알아들은 거야?'

바로스의 보랏빛 오러가 거인의 오른팔을 길게 그었다.

광혈이 튀며 빛의 거인이 비명을 터트렸다.

"크어억!"

아까와 달리 재생이 되질 않는다. 확실히 피해를 주고 있는 것이다.

뒤이어 라피셀이 거인의 왼팔을 베고 지나갔다.

이번에도 광혈이 튀었다. 하지만 비명까지 나오진 않았다.

"으으으……."

희미한 신음과 함께, 더디긴 하지만 상처의 재생이 진행된다.

자색급까지 경지를 끌어올린 바로스와 달리 그녀의 현 오러양으로는 청색급이 한계였다.

파괴력이 모자라다 보니 결과도 바로스만큼은 나오지 않는다.

하지만, 유효타를 먹이고 있는 것만은 틀림없었다.

"에잇!"

뒤처질 수 없으니 세라티도 몸을 날렸다.

쏟아지는 섬광을 피해 접근한 뒤 거인의 등을 길게 벤다!

이번엔 비명도 신음도 없었다. 곧바로 반격이 돌아왔다.

"우오오오!"

놀란 세라티가 몸을 비틀었다.

'헉!'

거인의 오른팔이 아슬아슬하게 그녀를 비껴 지나갔다.

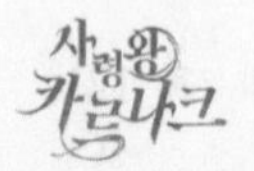

맞았으면 꽤나 타격이 컸을 일격이었다.

뒤로 물러서며 세라티는 인상을 썼다.

'쳇!'

이래서야 칼로 물 베기였다.

똑같이 청색의 투기를 다루고 있는데도, 라피셀은 때리는 족족 상대가 베이는데 이쪽은 허망하게 허우적댈 뿐이다.

날뛰는 거인의 공세를 피하며 라피셀에게 다가가 물었다.

"좀 더 자세히 설명해 줄 순 없나요?"

무왕인 것도 알겠고 잘난 것도 잘 알겠는데, 사람들끼리는 사람 말을 하고 사는 게 예의 아닐까?

뭐, 라피셀이라고 좋아서 그렇게 표현한 건 아닌 듯했다.

"이건 말로 설명할 수 있는 게 아니에요."

그저 스스로 진리에 접근하도록 도와줄 수 있을 뿐.

차분히 거인의 주위를 돌며 그녀가 말을 이었다.

"보고, 느끼고, 행하세요. 당신들에겐 그럴 능력이 있어요."

세라티가 눈을 가늘게 떴다.

"그 '당신들'에 저도 포함되어 있는 거 맞아요?"

순간 라피셀의 표정이 묘해졌다.

"……아."

"'아'라뇨?"

세라티의 안색이 구겨졌다.

“잠깐만요, 설마 난 덜떨어져서 이해 못 한다는 소리예요?”

그 고고하고 우아하던 라피셀이 잠시 원래 나이로 돌아갔다.

“그, 그렇게까지 이야기하진 않았거든요!”

그렇다고 말을 번복하지도 않는다.

시프라스의 무왕이 보기에도, 세라티의 센스로 이거 따라하라고 하는 건 영 아니지 싶었던 것이다.

억울해진 세라티가 입술을 삐죽였다.

‘이 판국에도 사람 차별하냐?’

엄밀히 말하면 사람을 차별한 게 아니라 재능을 차별했다고 해야겠지.

하지만 역시 라피셀은 라피셀이었다.

4대 무왕 중에서도 임기응변과 상황 대처 능력은 최고라는 평을 받던 시프라스의 무왕.

무수한 경험 속에서 곧바로 활로를 찾는다.

“함께하죠.”

“네?”

라피셀이 의아해하는 세라티에게 다가가 칼끝을 마주했다.

“제 검을 따라오세요.”

“그, 그게 무슨 소리…….”

검과 검을 통해 보이지 않는 기류가 흐른다.

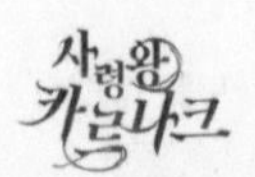

청명한 푸른 투기가 서로 어우러진다.

'어……?'

뭔가가 그녀의 검을 이끌고 있었다.

홀린 듯 세라티가 투기의 인도에 따랐다.

그녀의 움직임이 라피셀의 그것과 흡사해지기 시작했다.

빛의 거인을 상대하는 와중에도 바로스는 연신 라피셀과 세라티 쪽을 힐끔거리고 있었다.

'어떻게 하는 거지, 저건?'

뭘 하고 있는 것인지는 알겠다.

오러를 가늘게 뽑아 유연하게 흘리면서, 세라티의 감각을 직접적으로 이끄는 것이다.

하지만 감히 따라 할 엄두는 나지 않는다.

전생 때의 그가 무왕급이라 평가를 받긴 했지만, 이는 어디까지나 전투력 측면에서 그렇단 소리.

기량이나 깨달음은 틀림없이 무왕들보다 한 수 아래였다.

그렇기에 말로 못 하는 건 가르칠 수 없었다.

하지만 진짜 달인은 그조차도 가능한 모양이다.

라피셀이 세라티의 검을 이끈다.

세라티가 라피셀의 검을 따른다.

검세와 검세가 교차한다. 검광과 검광이 어우러진다.

"좀 더 자신을 믿으세요, 세라티 경. 당신 역시 범속한 하늘의 재능을 지니고 있으니."

욕인지 칭찬인지는 모르겠지만 한 가지는 확실했다.

파아앗!

세라티의 청색 투기검이 거인의 피부를 찢었다. 광혈이 튀어 올랐다.

'된다!'

그렇다. 더 이상 칼로 물 베기가 아니다.

확실히 타격을 입혔다.

'그런데 왜 되지?'

혼란스러운 와중에도 세라티는 열심히 거인의 주위를 뛰어다니며 전투를 이어 갔다.

피하고, 베고, 날아오르고, 파고든다.

조금씩 이해의 영역이 그녀에게로 다가왔다.

'그렇구나…….'

라티엘 교단의 최고위 강신술, 붉은 태양.

하지만 저 빛의 거인은 붉은 태양이 아니라 검은 태양이었다.

방대한 빛 속에 어둠이 스며들어 모자란 부분을 메우며 비슷한 효과를 낳고 있는 것이다.

여신의 신성술과 사령술을 이렇게나 합일시키다니, 과연

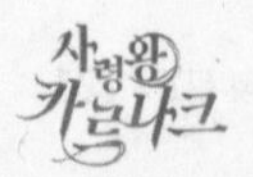

테스라낙의 능력이 어마어마하다는 증거이리라.

그럼에도 분명 약점은 존재했다.

저건 말하자면, 두 종류의 다른 금속을 덧붙여 만든 철판에 비유될 수 있다.

평소라면 두 철판을 붙인 부분은 전혀 티가 나지 않겠지.

하지만 너무 뜨겁거나, 너무 차갑거나, 혹은 금속피로가 쌓인다면?

겉으로는 드러나지 않던 붙은 부분이 도로 갈라지게 된다.

라피셀의 수법은 거인을 베는 것이 아니었다.

처음부터 잘려 있어야 할 것을, 원래 상태대로 되돌린다.

그걸 위해 오러의 파장을 흘려 넣고, 연신 거인의 빛의 육체를 흔들어 놓는 것이다.

여기까지 생각한 뒤 세라티는 혀를 찼다.

'아니, 이것도 정확한 비유는 아니구나.'

누군가가 물었을 때 이런 식의 비유를 대며 저 빛의 거인을 해치우라고 한다면, 오히려 헷갈려서 아무것도 못 했으리라.

'그래서 그렇게 애매한 표현밖에 못 했던 거네.'

이젠 그녀도 알게 되었다.

말로 설명할 수 없는 것은 분명히 있다.

세라티가 라피셀에게서 멀어졌다.

"감사합니다. 이제 저도 보여요."

홀로 거인에게 나아간다. 청색의 투기검이 화끈한 폭발을 일으킨다.

콰아아앙!

그 모습에 라피셀은 말없이 미소를 지었다.

이해의 영역에 들어선 세라티의 검은, 확실하게 빛 속의 어둠을 베어 버리고 있었다.

빛의 거인을 상대로 고전하던 이는 세라티뿐만이 아니었다.

'보인다.'

붉은 투기검을 쥔 채 레번은 빠르게 땅을 내달렸다.

'빛 속의 어둠이.'

순식간에 거리를 좁히며 거인의 다리를 공략한다.

적색의 오러가 허공을 가르며 아름다운 검광을 낳는다.

"허어업!"

그리고 맥없이 스쳐 지나갔다.

아무 타격도 못 준 레번이 이를 갈았다.

"젠장!"

그렇다. 전부 이해했다.

어떻게 해야 저 거인 속의 어둠을 벨 수 있는지.

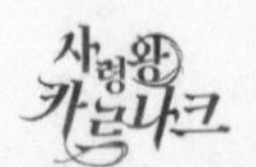

그런데 칼이 안 들어간다!

세라티와는 정반대의 경우였다.

방법 자체는 설명을 듣자마자 바로 깨달을 수 있었다.

그런데 정작 힘이 부족하다.

청색급의 경지가 놈에게 타격을 줄 수 있는 최저 선이었던 것이다.

반대편에서, 라피셀의 가르침을 받은 세라티가 거인에게 공세를 가하는 모습이 보였다.

"에잇! 타앗! 허업!"

기대를 걸며 레번도 라피셀에게 슬쩍 다가가 물었다.

"전 어떻게 해야 합니까?"

거인의 반격을 피해 라피셀이 뒤로 물러섰다.

그렇게 잠시 거리를 벌린 뒤 그녀가 말미를 흐렸다.

"아, 레번 경의 경우에는……."

능력이 충분한데 방법을 모를 뿐이면 가르치고 인도하면 된다.

그런데 아예 능력 자체가 부족하면 뭘 어떻게 해야 하나?

시프라스의 무왕이 딴청을 피우기 시작했다.

"……굳이 그쪽까지 가세할 필요는 없지 않을까요?"

"전 대책도 없다는 겁니까!"

"그렇게까지 말한 건 아니고요……."

뭔가 굉장히 서러워져 레번이 안면을 구길 때였다.

구원의 손길이 내려왔다, 정확히 말하면 전언이.

[힘을 원하느냐? 주겠다!]

[……말투가 왜 그래요, 카르나크 님?]

[무심코 옛날 말투가 나왔을 뿐이야.]

얼굴을 붉히며 카르나크가 양손을 교차했다.

[하여튼 이걸 받아!]

허공에 어둠의 문이 열리며 시뻘건 갑옷이 소환되었다.

[이건?]

[블러드 데몬의 갑주다! 모자란 힘을 채워 줄 거야!]

사악한 기운이 갑옷으로부터 풀풀 풍겨져 나온다.

라피셀이 인상을 썼다.

"악마의 힘을 쓰다니……."

상황이 여의치 않아 당장은 협력 중이지만, 사령술을 눈앞에서 보고 있는데 용납하긴 힘든 것이다.

그녀의 눈치를 살살 보며 레번이 물었다.

[이거, 제덱스가 소환한 수호군장들에게 입혔던 그거 아닙니까?]

[맞아.]

[엄청나게 고통스러워하던데…….]

하지만 힘을 얻을 수 있다면 그 정도 고통은 각오해야겠지.

레번이 몸을 날렸다.

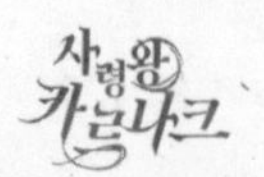

갑옷 쪽으로 다가가 손을 뻗는다. 붉은 갑옷이 저절로 해체되어 그의 전신에 자동으로 달라붙는다.

장착한 순간, 레번의 표정이 기묘해졌다.

'어? 왜 이렇게 편하지?'

참으로 안락했다. 부모 품에 포옥 안겨 있는 느낌이었다.

수호군장 때와는 전혀 다른 반응인 것이다.

[그건 수호군장들이 빛의 존재라서 그런 거고.]

[그렇다는 건, 전 빛의 존재가 아니란 소립니까?]

갑자기 카르나크도 딴청을 피우기 시작했다.

[아, 뭐, 꼭 그렇다기보다는…….]

레번도 더 이상 물어보지 않았다.

뭔 대답이 나올지 무서워서 못 물어보겠다.

'어쨌건 지금은 한 사람 몫을 하는 걸로 만족할 수밖에!'

전신에 넘치는 기운을 바탕으로 그가 몸을 날렸다.

"타아아앗!"

붉은 투기가 거인의 옆구리를 베고 지나갔다.

그리고, 이번엔 광혈이 튀며 신음이 흘러나왔다.

"크으으으!"

4명의 오러 유저가 빛의 거인을 연달아 공격해 간다.

네 줄기 투기검이 거인의 권능을 착실히 깎아 간다.

그 모습을 지켜보며 카르나크는 고개를 끄덕였다.

'슬슬 알 것 같다.'

그는 바로스나 레번처럼 라피셀의 설명을 곧바로 알아듣지는 못했다.

저건 오러 유저들의 심득과 관련된 설명이었다.

마법사이자 사령술사인 카르나크가 이해하기엔 종류가 좀 다른 것이다.

하지만, 이후 이어지는 현상을 살펴보면 이해할 수 있다.

'저렇게 하면 된다 이거지?'

무엇이 약점인지 알았다.

그 약점을 어떻게 공략해야 하는지도 눈앞에서 보여 주고 있었다.

그런데도 손을 못 쓴다면 왕년에 사령왕으로 불리지도 못했겠지.

'굳이 한계 시간을 기다릴 필요도 없겠군.'

양손에 역시공 초월체를 쥔 채 카르나크가 양팔을 펼쳤다.

"한 줄기 빛이 별이 되어 떨어지니……."

12개의 회색빛 마법진이 허공에 떠올랐다.

오러 유저들의 활약 덕분에 빛의 거인은 더 이상 카르나크를 노리지 못하고 있었다.

느긋하게 혼돈마법을 펼칠 여유가 생겼다.

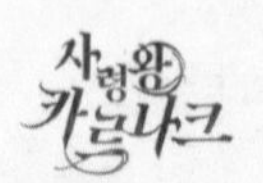

"환영의 절규가 그 속에 깃들지어다……."

계속 카르나크는 마법을 조율했다.

빛의 거인 속에 흐르는 미세한 어둠의 기류를 정확히 파악해, 그 흐름을 따라 공격 목표를 타기팅한다.

마침내 마법이 완성되었다.

12개의 마법진이 맹렬하게 빛을 발하기 시작했다.

"다들 피해!"

신호가 떨어지자 오러 유저들이 일제히 뒤로 물러섰다.

빛의 거인이 고개를 돌려 카르나크를 보았다.

손을 뻗어 그를 노리려 하는 그 순간.

"마령술, 작렬하는 잿빛의 유성!"

카르나크의 마법이 먼저 작렬했다.

수십 줄기의 섬광이 거인의 전신을 후벼 판다. 빛과 빛 사이가 갈라지며 어둠이 분출해 피처럼 솟구친다.

연신 폭발이 이어지며 굉음이 하늘을 뒤흔들었다.

콰콰콰콰콰쾅!

위력만큼은 9서클에 필적하는 마법이었다.

결국 빛의 거체가 통째로 폭발했다.

죽어 가는 거인의 단말마가 밤하늘 가득 울려 퍼졌다.

"크아아아악!"

수십, 수백의 파편이 불티가 되어 사방으로 흩어지며 사그라진다.

재처럼 흩날리는 빛 속에서 카르나크는 쓴웃음을 지었다.

"해치웠군."

빛의 거인은 시체조차 남기지 못하고 사라졌다. 확실하게 처리한 것이다.

"그래, 해치우긴 했는데……."

그렇다고 상황이 전부 해결된 건 아니었다.

아직 문제가 남아 있다.

차가운 눈으로 자신을 응시하는, 푸른 투기검을 쥔 저 작디작은 소녀가.

소녀가 그의 이름을 불렀다.

"카르나크."

카르나크도 소녀의 이름을 불렀다.

"라피셀."

소녀가 카르나크에게로 걸음을 옮겼다.

바로스가 재빨리 그녀의 앞을 가로막았다.

라피셀의 투기검이 더욱 거세게 타오르기 시작했다.

세라티와 레번은 어찌할 바를 몰라 양쪽의 눈치만 보고 있었다.

"저, 저기……."

"지금 이러는 건……."

라피셀을 향해 카르나크가 나직이 중얼거렸다.

"날 벌할 셈인가? 확실히 그대에겐 그럴 자격이 있지."

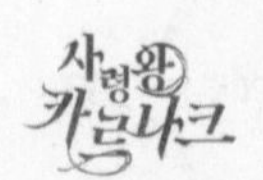

고개를 끄덕이며 양손에 마력을 끌어 올린다.

"순순히 당해 줄 생각은 없지만."

마검 마레다 사건 때와는 상황이 다르다.

카르나크는 그때에 비해 월등히 강해졌다. 바로스 역시 지금은 청색급의 경지에 올랐다. 세라티와 레번도 권속인 만큼 결국은 카르나크를 거역할 수 없다.

숫자만으로도 4 대 1인데, 하물며 라피셀은 그때보다 지금이 더 약하다.

당시엔 마검의 힘으로 억지로나마 자색급까지 힘을 끌어 쓸 수 있었지만 현재는 청색급이 한계이니까.

오히려 그녀가 카르나크를 두려워해야 할 처지인 것이다.

'하지만 절대 물러서지 않겠지.'

힘이 모자라서, 불리한 상황이라서 뜻을 꺾는 이였다면 애초에 그토록 지독한 꼴을 당하지도 않았을 것이다.

카르나크는 갈등했다.

싸우면 이길 순 있다. 하지만 이겨도 문제다.

이대로 라피셀을 몰아붙이면 그녀의 정신이 무사하지 못할 테니까.

'그건 싫은데.'

그리고 그렇게 생각한 스스로에게 당황했다.

왜 싫다고 느꼈을까?

글쎄, 모르겠다.

두 사람의 시선이 허공에서 교차했다.

양쪽 모두 무슨 생각을 하는지 모를 복잡한 눈빛이었다.

침묵이 흐른다.

고요한 가운데 차가운 달빛만이 불타 버린 거리를 은은히 비출 뿐.

문득 라피셀이 입을 열었다.

"지금의 그대와 대적해 봐야, 내 운명은 정해져 있겠지."

상관없다.

뇌리를 불태우는 이 증오와 고통을 지울 수 있다면, 영혼이 다시 조각나 억겁의 지옥으로 빠진다 해도 기쁘게 받아들일 수 있다.

이미 부서질 대로 부서진 이 너덜너덜한 영혼에 무슨 가치가 있을까?

'하지만 이 아이의 영혼은 달라.'

이 시대, 이 육체의 주인. 작고 어린 라피셀.

이 연약한 아이의 영혼마저 고통에 빠트릴 순 없다.

시프라스의 무왕은 살기를 거뒀다.

"지금은 물러나겠다."

믿기지 않는다는 듯 카르나크가 반문했다.

"물러난다고?"

바로스도 비슷한 반응이었다.

둘 다 절대 있을 수 없는 일을 눈앞에서 본 표정이었다.

라피셀의 목소리가 희미하게 이어졌다.

"아이를 해칠 수는 없으니까."

인간은 반드시 지켜야 하는 존재.

그 속에는, 이 시대의 어린 자신도 포함되어 있다.

"불변의 악이여……."

그녀의 목소리가 희미하게 떨리기 시작했다.

태연해 보이는 지금도 그녀는 영혼이 찢겨 나가는 기억의 고통에 시달리고 있는 것이다. 그저 초인적인 인내심으로 참아 낼 뿐.

"난, 그대가 변할 수 있다고 생각하지 않는다."

정녕 카르나크가 변할 수 있는 인간이었다면, 아주 실낱같은 가능성이라도 있는 존재였다면…….

"그런 지옥을 세상에 펼칠 수는 없다고 생각하니까."

하지만 어린 라피셀이 본 카르나크는 달랐다.

변하고 있었다.

"그대는 이 아이에게 잘해 주었지……. 아무런 해도 끼치지 않았고……."

점점 라피셀의 말에 두서가 없어지기 시작했다.

"날 이 시대로 보낸 것은…… 그대가 아니니……."

기억의 고통이 견디기 힘든 수준까지 닥쳐온 탓이었다.

"어린아이의 영혼을…… 침탈한 죄는 그에게 물어야……."

서서히 라피셀의 눈이 감기기 시작했다.

"이 죄의 대가는…… 그가 치러야 할 터……."

팔다리에서 힘이 빠지고, 고개가 꺾인다.

"변치 않는 악이여…… 그대가 과연 변할 수 있을지……."

결국 라피셀은 그 자리에서 쓰러졌다.

바로스가 놀라 달려가 그녀를 부축했다.

허겁지겁 뒤를 따르며 카르나크가 외쳤다.

"잠깐! 라피셀!"

방금 그녀가 한 말 중 흘려들을 수 없는 이야기가 있었다.

자신을 이 시대로 보낸 것은 카르나크가 아니라고.

어린 라피셀의 영혼을 침탈한 죄는 그에게 물어야 한다고.

"그럼 누구지? 당신을 이 시대로 보낸 건?"

감겼던 라피셀의 눈이 희미하게 뜨였다.

카르나크가 초조하게 질문을 이었다.

"그게 바로 테스라낙인가? 또 다른 시대의 우리냔 말이다!"

"아……."

그녀가 입술을 열었다.

그녀의 눈동자가 카르나크와 바로스를 번갈아 응시했다.

"다른 시대의…… 당신들이냐고?"

그것이 마지막이었다.

그녀의 눈이 도로 감겼다.

"테스라낙은…… 당신들이 아니야……."

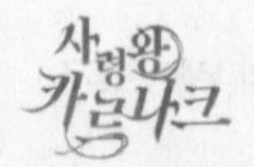

쓰러진 라피셀이 경련을 일으킨다.

"일단 치료부터 해야겠군."

곧바로 카르나크는 그녀의 이마에 손을 가져갔다.

"고통의 업이여, 안식의 어둠 아래 잠들어라."

예전처럼 마법을 펼쳐 그녀의 기억을 봉인하는 것이었다.

한번 해 본 것이라 빠르게 라피셀의 상태가 안정화되었다.

그렇게 술법을 펼치며 카르나크는 고민에 빠졌다.

방금 라피셀이 남긴 마지막 말이 상당히 괴상한 탓이다.

"테스라낙은 우리가 아니라고?"

얼핏 별것 아니어 보일지 몰라도, 이는 꽤나 여러 의미를 담고 있는 말이었다.

우선 라피셀은 테스라낙이 누구냐고 묻지 않았다.

"즉, 테스라낙에 대해 알고 있다는 소리지."

물론 테스라낙의 존재 자체는 어린 라피셀도 알고 있으니 그녀의 기억을 통해 한 이야기일 수도 있다.

하지만 뉘앙스가 달랐다.

그녀는 마치, 자신이 테스라낙이 존재하는 미래에서 온 것처럼 말했다.

바로스가 고개를 갸웃거렸다.

"그런데 라피셀은 예전의 우리 정체도 알고 있잖아요?"

이는 사령왕 카르나크와 데스 나이트 로드 바로스가 존재하는 미래에서 왔다는 의미.

이 말은 곧, 테스라낙의 미래와 카르나크의 미래가 같은 시공이라는 소리가 되는 것이다.

"이게 말이 되나요, 도련님?"

"그러니까 괴상하다고."

뎀피스의 이야기는 꽤나 앞뒤가 맞는 이야기였다.

비록 몇 군데 허점이 있어 맹신할 순 없었지만, 현재로선 가장 그럴듯한 가설로 치부하고 있었다.

하지만 이렇게 되면 뎀피스의 이야기가 전부 거짓말일 수도 있다.

"라피셀의 말대로라면, 이야기가 이런 식으로 돌아가거든!"

제3자가 카르나크의 권능, 아스트라 슈나프를 강탈해 테스라낙이라 스스로를 칭한 뒤 사령왕인 척하고 있다.

그것도 모두의 기억과 계약, 심지어 역사마저 조작해서.

카르나크의 설명에 세라티가 인상을 썼다.

"그럴 수 있는 존재가 있긴 해요?"

아스트라 슈나프의 권능을 강탈하고, 사령왕의 지위를 빼앗고, 기억과 역사마저 조작한다고?

그런 일이 가능하다면 실로 초월적인 존재란 소리가 되는데…….

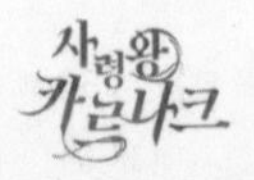

“그런 존재가 있었다면 애당초 카르나크 님이 사령왕이 되지도 못했을 것 같은데요? 그 초월자에게 진작 당했을 테니까요.”

그러자 카로나크와 바로스의 표정이 묘해졌다.

“어, 그게…….”

“생각해 보니 있긴 있네요?”

“그렇지?”

카르나크의 시공엔 그런 초월자가 실제로 존재했다.

세계의 수호자, 용황제 그라테리아.

물론 그는 카르나크에게 패배해 사룡 그라테리아가 되었고, 라피셀과 마찬가지로 모든 지성을 잃은 짐승으로 전락해 버렸다.

하지만 아무리 위대한 영웅이라 해도 한낱 인간일 뿐인 라피셀과 달리, 그라테리아는 거대한 용의 영혼을 지닌 자였다.

카르나크의 지배력이 사라진 후, 사룡으로 몰락했던 그에게 티끌만큼이라도 이성이 돌아왔다면?

“어쩌면, 도로 용황제로 돌아왔을지도 모르지. 어쨌건 상식을 초월하는 괴물이긴 했으니까.”

확실히 그라테리아가 용황제의 힘을 되찾았다면 저런 일을 벌일 능력은 있을 것이다.

심지어 라피셀이며 뎀피스 등 다른 이들의 반응을 생각했을 때 꽤나 앞뒤가 맞기도 하다.

그럼에도 카르나크가 여태 저쪽으론 의심조차 하지 않았던 이유가 있었다.

“왜?”

저 가설에는 가장 근본적인 문제가 있는 것이다.

“용황제가 왜 이런 짓을 하는데?”

용황제는 세계의 수호자였다.

카르나크처럼 세계를 멸할 권능만 얻은 소인배가 아니라.

“내 입으로 할 소리가 아니긴 한데…… 저 위대한 용황제가 제정신을 찾았는데 이런 사악한 짓을 할 리가 없지 않겠어?”

세라티가 슬그머니 물었다.

“어둠에 물들어서……라거나?”

“그러니까, 그 어둠에 물든 상태가 사룡일 때라고.”

어둠에 물들어 사악해진 상태라면, 여전히 카르나크의 지배력하에 있다는 의미이니 이런 짓을 할 리가 없다.

반면 그의 지배에서 벗어났다면 용황제의 자아가 돌아왔을 테니, 수호자의 임무를 놔두고 이런 짓이나 하고 있을 리가 없다.

“오히려 내가 사라졌으니, 네크로피아 제국을 멸한 뒤 인류 문명을 복구하고 세계가 회복되도록 전력을 다했겠지. 그게 수호자로서 어울리는 일이니까.”

세상엔 착한 놈이 나쁜 놈 되는데 무슨 이유가 필요하냐

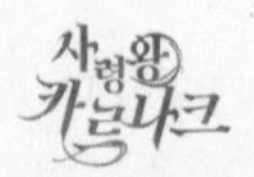

는 말이 흔히들 나돈다. 특히 사람 잘못 봤을 때 주로 하는 소리다.

하지만 이 역시 알고 보면 이유는 있다. 단지 그 이유를 납득하기가 힘들 뿐.

용황제의 경우엔 이유 자체가 있을 수 없는 것이다.

대체 제정신으로 돌아온 그라테리아가 왜 카르나크도 하지 않을 짓들을 저지른단 말인가?

레번이 물었다.

"제정신으로 돌아온 게 아니라면요?"

"그럼 이런 짓을 할 능력이 없다니까?"

"아뇨, 절반 정도만 정신을 차려서 이런 짓을 할 순 없냐는 말입니다만."

"그러니까, 내 영향을 받아서 사악한 용황제가 되었다, 뭐 이런 거?"

카르나크가 눈을 흘겼다.

"내 어느 부분에 영향을 받아야 이런 짓을 저지르고 싶어지게 되는 건데?"

아까도 말했지만, 지금 테스라낙이 하는 짓은 카르나크조차도 전혀 할 생각이 없었던 행위다.

빛과 어둠을 전부 지배하려고 시공을 몽땅 회귀한다?

"내 입장에서 이건 전혀 매력적이지 않은 짓이거든! 실제로 생각조차 해 본 적 없고."

사령왕 시절 카르나크가 원하던 것은 분명했다.
모든 것을 버린 지금의 그가 원하는 것도 분명하다.
둘 중 어느 것에도, 빛과 어둠을 함께 지배한다는 괴상한 욕망 따윈 없다.
“단순하게 말할게.”
카르나크가 단호하게 말을 맺었다.
“이건 절대 내가 할 짓이 아니야. 그런데 내 영향을 받았다고 용황제가 이런 짓을 하겠어?”
뭔가 다른 이유가 있지 않은 이상, 용황제가 테스라낙이라는 건 있을 수 없는 일이었다.
그런데 아무리 생각해 봐도 그럴 만한 이유를 떠올릴 수가 없었다.
“진짜 모르겠네.”
카르나크는 신경질적으로 머리를 긁었다.
풀리지 않는 의문이 계속 뇌리를 괴롭히고 있으니 짜증이 난다.
그때 문득 쓰러진 라피셀이 보였다.
‘그러고 보니…….’
눈앞에 해답이 있었다.
겨우 잠든, 간신히 기억을 봉인해 고통에서 벗어난 작은 소녀.
이 소녀의 안에 있는 미래의 무왕을 다시 깨운다면 지금껏

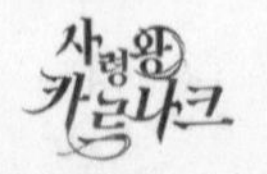

고민했던 모든 의문을 풀 수 있을지도 모른다.

하지만 그 대가로…….

'라피셀은 미쳐 버리겠지. 그 누구도 돌이킬 수 없을 만큼.'

순간 욕망이 치솟았다. 이 모든 호기심을 해결하고 싶다는 갈망에 가까운 욕심이.

스스로에게 되묻게 된다.

이 절실한 욕망 앞에서, 과연 라피셀의 목숨이 얼마나 가치가 있을까?

"……."

잠시 후, 카르나크가 그녀의 이마에서 손을 뗐다.

라피셀의 호흡이 확연히 편안해졌다.

짐작하고 있었다는 듯 바로스가 시큰둥하게 물었다.

"알아내시는 건 포기하신 겁니까, 도련님?"

"응."

"비밀을 파헤치는 대신 그녀의 안위를 선택했다고요? 도련님답지 않네요."

"그래, 나답지 않지."

세라티가 옆에서 빙그레 웃었다.

"잘됐네요."

"뭐가 잘돼?"

"카르나크 님답지 않다는 소리는, 사람답다는 소리도 되잖아요? 원하시는 대로 변하고 계신다는 의미니까요."

"……욕이냐 칭찬이냐, 그거?"

투덜대는 카르나크의 입가에도 미소가 떠올랐다.

의외로, 썩 나쁜 기분은 아니었다.

전후 처리

카르나크 일행의 분투 덕에 빛의 거인은 사라졌다.

하지만 놈들이 남긴 피해는 실로 컸다.

도시 곳곳이 불타고, 많은 시민들이 죽거나 다쳤다. 악마가 사라진 지금도 제대로 피하지 못한 이들이 많았다.

동이 틀 때까지 카르나크 일행은 사람들을 구하기 위해 동분서주했다.

도시를 구하고, 자신마저 구해 주는 그 모습은 시민들에게 영웅으로 보이기 충분했다.

구조받은 이들이 눈물을 훔치며 감사 인사를 올렸다.

"감사합니다. 정말 감사합니다."

"라티엘의 가호가 깃들기를……."

'그 라티엘의 가호랑 방금 전까지 죽자고 싸우고 왔는데?'

내심 웃음이 나왔지만 카르나크는 내색하지 않았다.

어쨌든 사람들이 저런 눈으로 자신을 보는 것이 나쁜 기분은 아니었다.

그렇게 열심히 구조 활동을 벌이다 보니 뒤늦게 도시 경비대가 출동했다. 각 상단이며 귀족들, 여신교단에서도 사람들을 보냈다.

인원이 많아지니 구호 활동에도 속도가 붙었다.

도시 곳곳에서 건물의 잔해를 치우고 사람들을 구하며 최선을 다한다.

그 속엔 아침이 되어 무사히 깨어난 라피셀도 있었다.

'나, 나만 기절하다니…….'

라피셀 입장에서는, 그냥 눈앞이 번쩍하더니 기억 끊기고 상황 다 끝난 후에야 눈을 뜬 셈이었다.

솔직히 부끄럽다.

"죄송해요, 언니. 다음엔 저도 도움이 되도록 더 노력할게요!"

"어, 그, 그러렴."

사실대로 말할 순 없으니 대충 고개만 끄덕거리긴 했는데, 간밤의 일을 기억하는 세라티 입장에선 꽤나 기묘한 기분이다.

'……정말 괜찮은 건가?'

어둠이 깊게 깔린 한밤중의 거리.

기절한 라피셀을 조심스레 안아 든다.

이렇게만 보면 그저 평범하게 잠든 어린아이일 뿐이다.

조금 전 자신의 검을 인도해 준 위대한 인류의 영웅, 시프라스의 무왕과 동일인이란 느낌은 전혀 들지 않는다.

"라피셀은 이제 어떻게 되는 건가요?"

세라티의 질문에 난처해하며 카르나크가 대답했다.

"일단 기억을 다시 봉인하긴 했는데……."

라피셀이 지닌 고통의 기억은 너무도 깊고 무거웠다.

시프라스의 무왕이 또다시 깨어난다면 그땐 이번처럼 수습할 자신이 없다.

"정신 자체를 치료할 방법은 없나요?"

"기억을 완전히 지우지 않는 한은 불가능해."

그녀의 고통은 기억에서 온다.

그 기억이 너무도 가혹하기에, 육체와 영혼에 실존하는 고통이 되어 덮치고 있다.

"이대로 기억 봉인을 영구적으로 유지할 수 있다면 그것도 한 가지 방법이겠지만……."

설령 몸속에 시한폭탄이 있다 해도, 그 시한폭탄이 죽을 때까지 터지지 않는다면 없는 것이나 마찬가지가 아니겠는가?

바로스가 고개를 갸웃거렸다.

“언제 터질지 모른다는 소리나 마찬가지 아니에요, 그거?”

“그래서 이건 너무 불안한 방식이지.”

카르나크가 말을 이었다.

“좀 더 확실한 방법이 없지는 않아.”

“뭔데요?”

“고통을 받았던 부분의 기억만을 정확하게 도려내는 것.”

그녀가 카르나크에게 붙잡히고, 사령왕의 분노를 사 영혼이 쪼개지고, 수십 년에 걸친 지옥의 고통을 겪은 뒤, 다시 풀려나 자아를 되찾고 이 시대에 보내지기까지.

딱 저 부분의 기억만 정확하게 도려내어 지워 버리면 영혼의 고통도 사라질 수 있다.

그 고통은 어디까지나 기억에서 비롯되는 것이니까.

“다만 그런 식의 정신 조작은 너무 어려워서 그냥은 불가능해. 상대의 영혼을 완전히 내 손아귀에 넣은 후에나 가능하다.”

세라티와 레번이 고개를 갸웃거렸다.

“어라…….”

“그거 마치…….”

어째 들어 본 이야기였다. 특히 이들에게는.

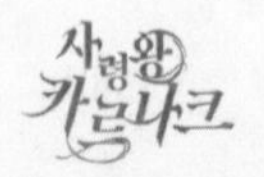

"응."

카르나크가 어깨를 들썩였다.

"라피셀을 내 권속으로 만들면 돼."

"또요?"

세라티가 인상을 구겼다.

"뭔 치료법이 죄다 권속 만드는 것밖에 없어요?"

"그러니까 내가 사령왕이었지."

하긴 맞는 말이긴 했다.

카르나크에게 멀쩡한 치료 능력이 있었다면 사령왕이 아니라 의사왕이나 성령왕이었게?

그리고 그녀를 권속으로 만들려 해도, 문제는 여전히 남아 있었다.

"첫 번째."

카르나크가 손가락을 하나 들어 보였다.

"내 쪽에 여유가 아직 없어."

레번을 권속으로 들이고도 상당한 시간이 지났다.

바로스를 권속으로 되돌리기 위해 계속 노력 중이었으니, 카르나크 역시 여유가 제법 생긴 건 사실이다.

지금이라면 평범한 인간 한둘 정도는 더 권속으로 둘 수 있다.

"어디까지나 평범한 인간이라면 말이지."

바로스와 세라티, 레번에겐 권속으로서의 점유율에 상당

한 차이가 있는 것이다.

"세라티와 레번은 아직 20대잖아?"

정확히는 세라티가 26살, 레번이 21살이다.

"그런데 바로스는 몇 살이지?"

레번이 되물었다.

"23살 아닙니까?"

작년에 22살이란 소릴 들었으니까.

"그건 육체 나이 이야기고."

자, 사령왕의 최고 심복으로 수십 년 넘게 세계를 지배해 온 데스 나이트 로드 바로스의 나이는 과연?

세라티가 혀를 내둘렀다.

'그렇지, 저 인간들 실은 노인이었지?'

세라티와 레번, 둘의 나이를 합쳐도 바로스의 절반이 채 되지 않는 것이다.

어디까지나 영혼의 나이이긴 하지만.

"물론 이렇게 숫자로 딱딱 떨어지는 건 아닌데, 대충 이렇게 이해하면 돼."

세라티 3명, 레번 2명을 권속으로 만들 여유가 있어야 겨우 바로스 1명을 권속으로 만들 수 있다.

"오래 살면 그만큼 영혼도 커지는 겁니까?"

"꼭 그런 건 아니고."

중요한 건 개인의 인생 경험이 얼마나 밀도 있느냐다.

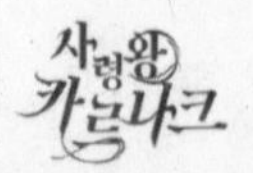

다람쥐 쳇바퀴 돌듯 하루하루 때우기만 한 노인의 영혼보다는 산전수전 다 겪은 세라티의 영혼이 더 무겁겠지.

하지만 온갖 다양한 일을 겪은 바로스 같은 경우엔, 영혼에 담긴 정보량이 워낙 막대한 것이다.

"뭐, 나도 그동안 열심히 여유를 늘리긴 했는데."

지금의 그라면 바로스 1명 정도는 아슬아슬하게나마 권속으로 삼을 수 있을 것이다.

"세라티랑 레번, 둘 다 권속에서 해제해야 한다는 조건이 붙지만 말이지."

그리고 저 경우엔 둘 다 골로 간다.

'어, 그러니까…….'

세라티가 레번을 돌아보며 피식 웃었다.

'나만 죽는 건 아니었네?'

"왜 절 보고 웃으십니까?"

"그냥, 혼자 가는 것보단 낫겠다 싶어서요."

"어딜 혼자 가요?"

하여튼, 여기서 문제는 바로스가 아니다.

"자, 다시 한번 따져 보자."

카르나크가 잠든 라피셀을 힐끔거렸다.

"라피셀은 그럼 몇 살일까?"

그녀가 바로스보다 어리긴 하지만 그래 봤자 둘의 나이 차는 열 살도 나지 않는다.

지금이야 한쪽은 성인이고 한쪽은 아이라 크게 차이 나는 것처럼 느껴질 뿐이다.

"어쨌건 100살은 족히 넘었다, 이 말이지."

세라티와 레번의 상태를 유지한 채 라피셀까지 권속으로 삼으려면 아직도 갈 길이 먼 것이다.

레번이 다시 물었다.

"그럼 아크 리치들처럼 계약의 낙인을 거는 것은요?"

자신들 외에도 카르나크에겐 뎀피스, 말로카 등의 아크 리치 수하들이 있지 않은가?

"그건 권속의 계약과는 다른 겁니까?"

"전혀 다르지."

권속으로 삼으면 주인은 권속의 영육을 성심성의껏 보살필 수 있다.

반면 계약의 낙인은 그냥 상대를 강제로 복종하게 만드는 것일 뿐이다.

그런데 권속의 계약은 조건이 까다로운 반면, 계약의 낙인은 그냥 상대를 쓰러뜨리고 영혼을 후벼 파기만 하면 끝.

후자가 훨씬 쉽다, 사령술사의 부담도 적고.

그래서 사령왕 시절 카르나크의 권속은 바로스 1명뿐이었다.

다른 사람들이야, 뭔 일이 터지건 전혀 신경 쓸 이유가 없었으니까.

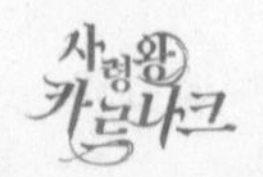

“애초에 권속으로 삼아 주는 것 자체가 사령술사 입장에선 특권을 베푸는 셈인 거야.”

세라티와 레번이 뚱한 표정을 지었다.

“우리, 대접받고 있는 거였어요?”

“그런데 왜 그런 느낌이 안 들까요…….”

“와, 양팔 되살려 주고 육체 빼앗길 거 막아 줬더니 말하는 거 보소?”

두 사람은 입을 다물었다.

생각해 보면 정말 신세 많이 진 게 맞긴 했다. 감사의 마음을 느끼는 것도 사실이었다.

평소의 카르나크를 보고 있으면 자꾸 그 마음이 희석되어 버려서 문제지.

“하여튼, 이런 이유로 당장은 라피셀을 권속으로 삼을 수 없어.”

그리고 설령 권속으로 삼을 수 있게 되어도 두 번째 문제가 있다.

“무슨 수로 내 권속이 되라고 권유할 건데?”

어린 라피셀을 불러 놓고 카르나크가 말한다.

“난 사실 사령술사였단다. 자, 어서 내게 영혼을 바치렴!”

“거짓말! 카르나크 님이 사령술사일 리 없어!”

절망하며 일행을 돌아보는 어린 라피셀.

"그렇죠, 세라티 언니?"

"미안해. 사실은 나 사령술사의 권속이었어."

"……레번 오빠?"

"나도 똑같이 사령술사 권속인데."

"바, 바로스 오빠?"

"난 무려 전생 때 수천수만씩 죽였던 데스 나이트 로드란다."

소녀의 절규가 하늘 높이 메아리친다.

"거짓마아아아아아알~!"

"대충 이렇게 되지 않을까?"

바로스가 쓴웃음을 지었다.

"배신감 장난 아니겠구만요."

"그렇지."

게다가 라피셀의 상황이 특별하다는 점도 문제였다.

"원래 권속의 계약은 외부의 개입 없이, 본인 스스로의 자아가 명확할 때만 성립이 가능하거든."

술 잔뜩 먹이거나, 마약에 취하게 하거나, 혹은 정신 지배 주문을 건 다음 계약을 받아들이게 할 수는 없다는 의미다.

"그런데 지금의 라피셀이 자아가 명확하다고 봐야 하나?"

기억을 잃은 상태에, 영혼과 육체의 괴리도 상당히 큰 편이다.

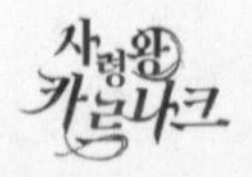

심신미약이라 할 정도는 아니지만 그렇다고 심신멀쩡이라 하기에도 애매한 것이다.

즉, 확실하게 하려면 어린 라피셀이 아니라 시프라스의 무왕이 계약의 주체가 되어야 한다.

"그러니까, 어른 라피셀을 도로 깨워서 내 권속이 되라고 권유해야 한다는 소리지."

그런데 시프라스의 무왕은 깨어나는 순간 고통으로 미쳐 버릴 가능성이 너무 높다.

즉, 마찬가지로 자아를 잃기 때문에 권속의 계약을 맺을 수 없다.

"설령 초인적인 정신력으로 고통을 이기고 이성을 유지한다 해도……."

그 라피셀이 카르나크의 권속이 된다고?

사령왕에 대한 극도의 분노와 증오를 가진 저 인류의 영웅이?

"되겠냐?"

바로스와 세라티, 레번이 한마음 한뜻으로 대답했다.

"아뇨."

"절대."

"턱도 없죠."

아무리 생각해 봐도 답이 없는 문제였다.

대체 저 라피셀을 어떤 식으로 꼬드겨야 카르나크의 권속이 되게 만들 수 있을까?

"좋은 방법 있어? 솔직히 난 전혀 떠오르지 않거든."

잠시 침묵이 맴돌았다. 다들 대책 없긴 마찬가지인 것이다.

"하긴, 이건 나중에 고민할 일이니까."

어차피 당장은 권속으로 삼을 수도 없다.

"지금은 기억 봉인만 신경 쓰는 수밖에."

신성력 해방에 약하다는 걸 확인했으니, 이번엔 특히 그 점에 신경을 썼다.

"이 정도면 어지간해선 다시 풀리지 않겠지."

하르톨 시티에 닥친 대재앙.

이를 물리친 카르나크 일행의 영웅적인 행위는 이내 도시 전역에 퍼졌다.

용맹과 헌신으로 위기를 극복하고 도시를 구했으며, 그럼에도 스스로를 과시하기는커녕 겸손하게 사람들을 돕는 일에만 열중한 이들.

그런 영웅들을 어찌 찬양하지 않을 수 있으랴?

저들에게 조금이라도 감사를 표하는 것이 하르톨 시티를 사랑하는 이들이 지닌 마땅한 의무이리라!

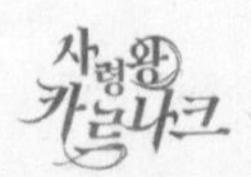

"……라면서 여기저기서 초대장이 오고 있네요."

세라티가 카르나크에게 편지 뭉치를 내밀었다.

워낙 많은 상단과 교단이 얽혀 있는 도시이다 보니 초대장도 꽤 많았다.

웃기는 점은, 그 속에 테카스 상단도 있다는 부분이었다.

"배널 랠프스태더 씨가 우리를 초대했는데요?"

다른 일행의 눈이 휘둥그레 커졌다.

"……엥?"

현재 테카스 상단 하르톨 지부는 도시 서쪽의 한 건물을 임시 회관으로 삼고 있었다.

원래 쓰던 상단 회관이 불길에 휩싸인 탓이었다.

왜 불탔냐고? 그야, 간밤에 일어난 화재의 진원지가 그곳이니까 그렇지.

카르나크 일행이 잠입했다가 화재 겪었던 저택이 바로 본 건물인 것이다.

임시 회관은 본관에 비하면 비교적 작은 규모였다. 하지만 결코 허름하진 않았다.

화려한 장식과 아치형 창문들로 꾸며진 우아한 2층 벽돌 건물이었다.

규모 또한 상단 지부 역할을 수행하기에 충분히 커서, 거리 한 블록의 절반 가까이를 차지하고 있었다.

건물로 다가가니 문지기들이 카르나크 일행을 맞이했다.

"어서 오십시오, 카르나크 남작님."

"어젯밤엔 정말 신세가 많았습니다."

문지기들이 다들 일행을 알은척한다.

실제로 카르나크가 아는 얼굴들이 맞았다.

'어, 얘들.'

하르톨 지부 본관을 지키던 그 경비병들이었다.

그러니까, 카르나크 일행을 막으려 덤벼들다 한 방에 혼절한 뒤 바늘 꽂히고 해롱대다 겨우 정신 차리고 불의 악마들에게 쫓겨 다니던 그 친구들이다.

'완전히 까먹고 있었네. 저런 애들도 있었지?'

어찌 보면 꽤나 어색한 재회가 되겠지만 의외로 분위기는 밝았다.

"어젯밤엔 죄송했습니다."

"전 여러분이 배널 님을 노리는 사교도들인 줄만 알고 그만……."

그럴 만했다.

이들이 맡은 임무는 '암약 중인 사교도들이 배널을 노리고 있으니 로렌조를 미끼로 삼아 놈들을 유인하겠다. 사교도들이 나타나면 놈들을 처리하라!'였다.

그래서 카르나크 일행이 나타나자 맹렬히 덤벼들었다.

여기까진 카르나크도 어젯밤에 바늘 꽂아 보고 알아낸 사

실.

그런데 정작 침입자인 카르나크 일행이 화재에서 자신들을 구해 주고, 도시를 불태우는 사교도들까지 물리쳐 주었다.

그럼 저들 입장에선 어떻게 보일까?

—알고 보니 저분들은 사교도가 아니었구나!

—그럼 사교도도 아닌데 왜 어젯밤 본관에 쳐들어온 거지?

—그야, 진짜 사교도들을 막기 위해서겠지!

—실제로 사교도들이 본관에 불을 질러서 이런 재앙이 닥쳤잖아?

—그렇군!

이쪽은 아무 짓도 안 했는데 자기들끼리 이유를 만들고 알아서 납득한 것이다.

뭐, 카르나크 입장에선 속 편해서 좋았다.

하여튼, 저들의 반응 덕분에 한 가지 사실을 알 수 있었다.

'테카스 상단은 간밤에 나타난 사교도들이 자기들과 연관이 있는 줄도 모르고 있나?'

여태 보여 준 행태를 보면 테카스 상단에 검은 신의 교도들이 숨어 있는 것은 분명했다.

하지만 어제 본 워레인 같은 고위 사령술사들이 직접 상단원으로 위장하고 있는 건 아닌 듯하다.

그랬다면 누군가는 얼굴을 알아봤을 테고, 그게 아니더라도 나중에 빈자리를 파악할 수 있을 테니까.

'즉, 중간 고리만 끊으면 의외로 쉽게 검은 신의 교단과 테카스 상단을 분리할 수 있다는 소리군.'

건물 안에 들어서자 시중인으로 보이는 중년의 하녀가 일행을 맞이했다.

"어서 오십시오, 카르나크 남작님. 그리고 일행분들."

정중하게 고개를 숙이며 그녀가 안쪽을 가리켰다.

"배널 님께서 기다리고 계십니다."

안내를 따라 2층 집무실로 올라가니 30대 중반 사내가 일행을 맞이했다.

"테카스 상단 하르톨 지부장, 배널입니다. 간밤에 저희 사람들을 구해 주셔서 정말 감사합니다."

"유스틸 킹스 오더의 카르나크입니다. 초대해 주셔서 감사합니다."

마주 인사를 건네며 카르나크는 눈앞의 사내를 유심히 보았다.

배널 랠프스태더가 일행을 초대한 이유는 딱히 이상할 게 없다. 카르나크 같은 명사와 인맥을 트려 시도하는 건 어느 상단이나 자주 하는 짓인 것이다.

정말 이상한 건 눈앞에 배널이 '또' 있다는 거지.

'로렌조란 놈도 배널이래고 제덱스도 배널이라더니, 이젠 얘도 배널이야?'

어둠의 기운이 느껴지진 않았다.

딱히 거짓말을 하는 것 같지도 않다.

'하지만 확신할 순 없지.'

예전과 달리 검은 신의 교단은 신성력이나 마법을 이용해 사령력을 숨기는 수법이 많이 발달했다.

이건 카르나크도 새로 보는 것이라 과거의 경험만으로는 확신할 수 없었다.

게다가 거짓말도 나름 잘 파악하는 편이긴 하지만, 세상에 연기 잘하는 놈들이 한둘이어야지?

스스로의 안목을 과신할 만큼 그는 어리석지 않았다.

확인해 봐야겠다 싶어 카르나크가 목소리를 살짝 낮췄다.

"배널 씨."

갑자기 상대가 목소리를 낮게 까니 배널도 덩달아 긴장했다.

"예?"

"간밤의 일, 그리고 테카스 상단에 대해 은밀하게 드릴 말씀이 있습니다. 주위를 무르고 단둘이 이야기할 수 있겠습니까?"

"그러시지요."

일행을 안내한 하녀에게 축객령을 내린다.

"잠시 나가 있거라."

"예, 주인님."

카르나크를 제외한 다른 일행도 하녀를 따라 방을 나섰다.

세라티와 레번, 라피셀이 의아해하는 표정을 지었다.

'뭐지?'

'무슨 중요한 용무가 있으신가?'

반면 바로스는 반응이 빨랐다.

[망도 볼까요?]

[그럼 좋지. 오래 걸리진 않을 거야.]

의아해한 세라티가 물었다.

[망이라뇨?]

[바늘.]

[아…….]

그녀도 나름대로 카르나크의 속내를 많이 알아차리게 되긴 했지만, 그래도 아직 바로스에 비할 바는 아닌 듯했다.

물론 레번은 여전히 한 박자 느렸다.

[바늘? 무슨 바늘요?]

집무실에 배널과 카르나크, 둘만 남게 되었다.

주위를 의식하며 배널이 조심스레 말했다.

"그럼 말씀하시지요."

말씀 같은 건 없었다.

바로 바늘부터 꽂을 건데 말씀이 왜 필요하단 말인가?

카르나크가 대뜸 기절 주문을 날렸다.

"앗, 이게 무슨……."

당황한 배널이 이내 쓰러지며 정신을 잃었다.

이대로라면 공격받은 기억이 남겠지만 상관없었다. 바늘 꽂을 때 이 부분 기억도 살짝 지울 테니까.

마력의 바늘을 생성한 뒤 배널의 정수리에 박아 넣는다.

푸욱!

예전엔 약초를 태운 연기를 흡입시키며 술법을 거는 등의 과정을 거쳐야 했지만 이젠 그럴 필요가 없다.

이게 겉보기에 참 흉악해서 그렇지, 슬슬 어지간한 신성술과 비교해도 뒤떨어지지 않는 안전한 수법이 된 것이다.

"어디 보자."

생각을 정리한 뒤 카르나크가 심문을 시작했다.

"제덱스라는 이름을 알아?"

"들어 본 적 없습니다……."

"그럼, 검은 신의 교단에 대해서는?"

"그것은……."

그렇게 카르나크는 차분하게 질문을 이었다. 배널도 충실하게 대답했다.

덕분에 대략적인 상황을 파악할 수 있었다.

'이놈은 진짜 아무것도 모르네?'

이 사내는 진짜 배널 랠프스태더가 맞았다. 단지 제덱스에 의해 조종당하고 있을 뿐이었다.

사령술로 기억 일부를 조작해, 미래의 정보를 꿈의 형태로 전달하고 있었던 것이다.

'제덱스의 위장 신분이 배널인 건 아니었군? 어쩐지 아무도 못 알아본다 했다.'

본인은 마치 하늘의 뜻이라도 읽은 것처럼 우연히 이런 대박을 터트린다고, 상인으로서의 감이 좋다고만 여기고 있었다.

'그냥 겉으로 내세운 미끼일 뿐이었나.'

잠시 실망했지만 카르나크는 이내 표정을 바꿨다.

검은 신의 교단은 배널 랠프스태더를 전면에 내세워 몰래 테카스 상단을 조종한 뒤 이득은 중간에 가로채는 식으로 움직이고 있었다.

즉, 이자의 기억 속에는 검은 신의 교단에 관련된 앞으로의 일정이며 상단 내 비밀 조직의 분포 등 상당한 양의 정보

가 들어 있는 것이다.

그래야 수익금을 교단으로 빼돌릴 수 있을 테니까.

'오히려 잘됐군.'

비밀을 기하려고 한 짓이겠지만 덕분에 오히려 한 번에 정보를 빼낼 수 있게 되었다.

'총독들에게 이 정보 건네주면 알아서 잘하겠지?'

싱글벙글 웃으며 카르나크는 바늘을 도로 뺐다. 그리고 배널을 다시 깨웠다.

눈을 뜬 배널이 주위를 의식하며 조심스레 말했다.

"그럼 말씀하시지요."

기억이 자연스럽게 이어져 자신이 기절했다는 사실조차 인식하지 못하는 것이다.

시치미 뚝 떼고 카르나크가 입을 열었다.

"간밤에 재앙을 몰고 온 그 사교도들에 대해서 말입니다만."

실제로 할 말이 없는 것도 아니었다.

"테카스 상단에서 저들과 관련된 검은 신의 교도들이 암약하고 있다는 정황을 잡았습니다."

물론 이 사실을 배널에게 알린다고 검은 신의 교단을 본격적으로 압박하거나 할 수는 없을 것이다.

배널 자체가 사교단의 손아귀 안에 있는데?

당연히 그 전에 놈들도 손을 쓰겠지.

'즉, 일부러 손을 쓰게 만들 순 있단 소리지.'

사교도들에게 귀찮은 일거리를 늘려 주는 것만으로도 저지를 가치는 충분했다.

이후엔 무난하게 초대받은 귀빈으로 움직였다.

테카스 상단 하르톨 지부가 준비한 저녁 식사를 거하게 대접받고, 성의가 담긴 선물도 받아 챙긴 뒤 화기애애하게 마무리를 지었다.

숙소로 돌아오며 바로스가 싱글벙글 웃었다.

"간만에 맛있는 거 얻어먹었네요."

다른 사람들도 기분 좋은 얼굴이었다.

하르톨 시티 오는 동안은 내내 노숙이었고, 도시 도착하고 나서도 곧바로 전투를 벌였으니 의외로 제대로 된 식사를 해 본 지가 꽤 되었다.

"이건 어쩌실래요, 카르나크 님?"

세라티가 편지 뭉치를 카르나크에게 보였다.

"초대장 아직 많이 남았는데."

원래 귀족이나 상인의 만찬에 초대를 받으면 꽤나 피곤한 일들이 많이 생기는 법이다.

속내를 감추고 예의를 차려야 하고 가식도 떨어야 하니, 사람에 따라선 제대로 음식 맛을 느끼지 못하는 경우도 상당하다.

하지만 카르나크와 바로스에겐 그리 어렵지 않은 일이었

다.

어차피 둘 다, 평생 모든 사람들에게 가식을 떨면서 살아왔거든?

카르나크가 입맛을 다셨다.

"그러게? 생각해 보니 이거 이 동네 맛집 초대장이잖아?"

이후 카르나크 일행은 하르톨 시티에 1주일을 더 머물렀다.

낮에는 도시 재건 및 사람들 구호에 한 손을 돕고, 저녁엔 초대를 받아 다양한 도시의 명사들을 만났다.

우선 시장을 겸하고 있는 블란디 백작가.

카르나크가 소감을 말했다.

"그 집 스테이크 잘 굽더라."

다음 날은 블란디 백작가와 경쟁 중인 시온드 남작가.

라피셸이 입맛을 다셨다.

"그 집 디저트 맛있었어요!"

테카스 다음으로 하르톨 시티에서 대규모 상단인 라그레이브 상회.

바로스가 투덜거렸다.

"걔들 채식주의자래요? 밥상에 풀떼기밖에 없던데. 맛은 있더라만.”

어이없어하며 세라티가 한 소리 했다.

“저기, 기껏 교분을 나눈 소감이 그게 전부예요?”

다들 어째 카르나크를 닮아 가는지, 밥 타령밖에 안 하고 있는 것이다. 심지어 라피셸까지!

카르나크가 어깨를 으쓱였다.

“달리 뭐가 필요한데? 어차피 그놈이 그놈이구만.”

어차피 이런 소도시의 유력자들 따위, 세계급으로 놀던 카르나크의 눈에는 차지도 않는 것이다.

그저 밥 잘 주는 곳이 최고지.

말은 저렇게 해도, 하르톨 시티에서 카르나크의 이미지는 나쁘지 않았다.

열심히 초대장 보냈는데 무시당하면 당연히 상대도 기분이 좋을 리 없다. 자고로 적당한 성의는 인간관계의 필수 요소다.

그냥 맛있는 거 준다기에 열심히 찾아갔고, 맛있는 거 먹고 기분 좋아서 열심히 웃어 줬더니, 사교력과 친화력이 있는 ‘여러모로 사귈 만한 사교계 명사’가 된 것이다.

카르나크도 좀 신기해할 정도로 사람들 반응이 좋았다.

하여튼, 그러는 동안 하르톨 시티의 뒷수습은 대충 끝이 났다.

그럼에도 아직 도시를 떠날 순 없었다.

원래는 제덱스를 붙잡아서 부하로 만들고 정보도 좀 캐내고 하려던 것이 진짜 목적이었다.

그런데 그 제덱스가 빛의 풍선이 되어 펑 터져 버린 것이다.

[제덱스는 어떻게 된 겁니까?]

레번의 질문에 바로스가 어깨를 으쓱였다.

[영혼이 박살 나 사방으로 흩어졌잖아요? 심문도 물 건너간 거죠.]

[그럼 아무것도 건지지 못하는 겁니까?]

카르나크가 고개를 저었다.

[꼭 그런 것만은 아니고.]

이래 봬도 전 사령왕이시다.

[영혼 좀 박살 났다고 못 부를 것도 없지, 뭐.]

다음 날 저녁.

카르나크는 바로스와 레번을 데리고 여관을 나섰다.

사교도와의 전투 흔적을 돌아보며 뭔가 건질 게 없나 확인해 보겠다는 이유였다.

세라티와 라피셀은 숙소에 남겼다.

"사람이 많을 필요 없는 일이니까 두 사람은 쉬고 있어. 혹시 나 찾는 사람 있으면 대신 연락 좀 받아 주고."

합당한 명령이었기에 라피셀도 전혀 이상하게 여기지 않

았다.

"네, 카르나크 님."

물론 세라티는 진실을 알고 있었다.

[거기 가시려고요?]

[응, 오늘 중으로 처리해 버려야지.]

깊은 밤이라 돌아다니는 사람은 거의 없었다. 특히나 화마가 휩쓸었던 거리는 음산할 정도로 인적이 전무했다.

바로스와 레번을 대동한 채 카르나크는 계속 불탄 거리를 지나쳤다.

그렇게 한참 걷다 보니 숯 더미가 되어 반파된 저택이 나왔다.

뼈대만 간신히 서 있는 3층 저택, 테카스 상단 본관이었다.

익숙한 듯 바로스가 앞장서 저택 안쪽으로 향했다.

조심스레 들어가 비교적 멀쩡한 방으로 들어가더니 무너진 가구를 밀친다.

가구는 손쉽게 밀렸다.

이미 몇 번이나 움직였는지 바닥에 흔적도 꽤 남아 있었다.

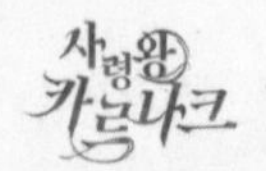

치워진 가구 아래 지하실로 통하는 문이 나왔다.

잠시 주위를 살핀 뒤 카르나크 일행은 문을 열고 안으로 들어섰다.

지하실 안에는 한 중년 사내가 묶여 있었다.

옷은 누더기처럼 찢어진 상태에 온몸은 흉터투성이, 얼굴 가득 피로와 무기력함이 맴돌고 있는 것이 꽤나 오랫동안 고초를 겪은 모습이다.

사내가 일행을 보더니 공포에 질려 신음을 흘렸다.

"으으, 으으으……."

그는 제덱스의 수하 중 1명이었던 사령술사 워레인이었다.

제덱스가 죽자 워레인은 곧바로 도주를 꾀했다. 하지만 결국 바로스의 추적을 피하지 못하고 붙잡힌 것이다.

이후 남들 몰래 이곳에 가둬 놓고 시간 날 때마다 심문하면서 착실하게 검은 신의 교단에 대한 정보를 빼내고 있었다.

"이자가 무슨 쓸모가 있습니까, 도련님?"

차가운 눈으로 워레인을 노려보며 바로스가 물었다.

"이미 심문은 다 하셨잖아요?"

"그래, 필요한 정보는 진작 다 건졌지."

카르나크가 시큰둥한 어조로 손가락질했다.

"얘는 그냥 촉매야."

워레인은 제덱스의 심복으로서 사령술을 전수받은 자.

어둠의 연결 고리가 있으니 흩어진 제덱스의 영혼을 끌어모을 좋은 미끼가 될 수 있다.

"그렇군요."

알아들은 바로스가 곧바로 워레인의 목을 깊이 베었다.

"크어억!"

피 분수가 솟구치며 상대는 그대로 절명해 버렸다.

레번이 기겁하며 뒤로 물러섰다.

"노, 놀라라. 미리 언질 좀 주시고 죽이면 안 됩니까?"

"아, 습관이 되어서요."

그렇다고 딱히 레번이 워레인을 죽인 것에 반감을 가진다는 소린 아니었다.

인간의 생명이 소중하다는 것에는 전혀 이견이 없는 레번이지만, 어차피 사령술사 놈들은 인간이 아닌 것이다! 그러므로 이는 인명 경시가 아니다!

"잠깐 물러나."

둘에게 손짓한 뒤 카르나크가 바닥에 손을 뻗었다.

손끝에서 무형의 기운이 흘러 핏물을 움직이기 시작했다.

"명부의 권능으로 그대를 부르노니……."

흥건한 피 웅덩이가 어지럽게 춤추며 복잡한 기호를 그려낸다. 점점 핏물이 붉게 빛나며 불길한 기운을 흘린다.

음산한 목소리가 어두운 지하실을 은은하게 울렸다.

"오라, 티엘란드의 제덱스여……."

희뿌연 연기 같은 것이 서서히 피어오른다. 사방에서 흐릿한 인간의 형상 수십 개가 잔상처럼 맴돈다.

정체를 알아보긴 쉬웠다.

흐릿함에도 불구하고 잘생긴 티가 팍팍 나는 얼굴이었으니까.

레번이 의외라며 중얼거렸다.

"어, 팔 따로 다리 따로 모이는 건 아니네요?"

"저기, 영혼이 박살 났다는 게 무슨 오체 분시되었다는 소리는 아니거든?"

무수한 제덱스가 저마다 혼란의 외침을 터트린다.

으아아!

아아!

으아아아!

레번이 몸을 부르르 떨었다.

듣기만 해도 몸서리쳐질 끔찍한 귀곡성이었다.

물론 카르나크와 바로스는 눈 하나 깜짝 안 했다. 이들에겐 그냥 일상이었으니까.

카르나크가 양손으로 허공을 어루만지기 시작했다.

"이제 저것들을 기워야지."

수십 개의 영혼이 서로 겹쳐진다.

유령의 눈동자에 조금씩 빛이 돌아온다.

잠시 후.

"그대가, 저를, 불렀습니까……."

완전히 제정신은 아니지만 대화가 가능할 정도까지는 제덱스의 의식이 회복되었다.

"여기까진 뭐, 어렵지 않지."

문제는 이다음이다.

흩어진 영혼을 복구하는 건 사령술사의 역량에 달린 문제다.

엄청나게 고난이도이긴 하지만, 카르나크 정도면 실패할 일은 별로 없다.

하지만 여기서 얼마나 오래 버틸 수 있느냐는 전적으로 영혼의 몫인 것이다.

그래서 카르나크도 제덱스의 혼령이 얼마나 저 상태를 유지할지는 짐작할 수 없었다.

'그러니 중요한 문제부터 바로 물어봐야지.'

이미 카르나크는 질문을 정해 놓은 후였다.

제일 중요한 질문은 역시 이거다.

"테스라낙의 정체가 용황제 그라테리아인가?"

아무리 가능성이 희박하다고 해도 찜찜한 건 사실이었다. 최우선적으로 확인해 봐야 할 문제였다.

검은 신의 교단 3성인 중 하나, 이 시대로 보내진 테스라낙의 최고위 측근인 제덱스라면 뎀피스나 말로카가 모르는 진실도 혹시 알지 않을까?

아쉽게도 유령의 대답은 실망스러웠다.

"모르는…… 이름입니다……."

"용황제 그라테리아를 몰라?"

"그렇습니다……. 그런 이름은…… 들어 보지 못했습니다."

"뭐, 이건 나도 큰 기대는 안 했으니까."

품에서 칠흑의 정육면체를 꺼내 보이며 카르나크가 다시 물었다.

"그럼 이게 무엇인지는 알지?"

제덱스가 더듬거리며 답했다.

"역시공…… 초월체……."

"그래, 이 역시공 초월체의 용도가 무엇이지? 단순히 미래인이 과거로 회귀하는 시점을 특정 짓는 것 말고도 다른 용도가 있을 거 아냐?"

과연, 유령이 고개를 끄덕였다.

"있습니다……."

"그게 뭔데?"

점점 제덱스의 말투가 또렷해지기 시작했다.

"이 시대의 여신들에게…… 계획을 방해받지 않기 위해서입니다."

"여신들?"

카르나크는 고개를 갸웃거렸다.

'여신들이 직접 계획을 방해한다고? 그건 좀 이상한 이야기인데.'

세상을 가호하는 일곱 여신이라고 칭하긴 하지만, 저들은 인간이 생각하는 인격적인 존재가 아니다. 오히려 초월적인 세계의 섭리 그 자체에 가깝다.

굳이 여신이라고 칭하는 이유도 단순히 관습일 뿐이었다.

온 세상을 낳고 보살피는 존재라면 여성일 것 같아서란 이유로.

배를 보통 여성으로 칭하는 것과 비슷한 경우다.

그래서 여신들은 현세에 개입하지 않는다. 대신 신관들에게 신성력을 내려 신민들을 보살피게 한다.

뭐, 일단 여신교에선 저렇게 주장하고 있다.

그런 여신이 간접적으로나마 현세에 개입하는 유일한 현상이 바로 신탁이었다.

그래서 종말의 신탁이 내려왔을 때 각 교단이 그리 발칵 뒤집힌 것이다.

어지간해선 일어나지 않는 일이 일어났다는 건, 어지간해선 일어나지 않을 재앙이 일어난다는 소리나 마찬가지니까.

'아니면, 용황제의 수호를 여신의 가호로 알고 있는 걸지도?'

제덱스의 시공에 그라테리아가 존재하지 않는다면 저런

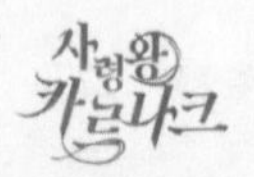

오해를 하는 것도 이상하진 않다.

'일단 더 들어 보자.'

진지한 얼굴로 카르나크가 질문을 이었다.

"그래, 여신들이 뭘 어쩐다는 건데?"

시공 초월비가 준비되자 테스라낙은 제일 먼저 라피셀을 실험체로 삼았다.

왕궁 문지기로 고통받던 그녀의 영혼을 억지로 합쳐 시공 회귀 술법의 샘플로 삼은 것이다.

"어차피 그녀가 제정신을 찾을 가능성은 없었으니, 그렇게라도 소모하는 것이 이득이라고 테스라낙은 판단했던 것 같습니다."

"응?"

제덱스의 말에 카르나크는 잠시 의문을 품었다.

'제정신을 찾을 가능성이 없다고 했다고?'

카르나크는 지금의 미약한 능력만으로도 라피셀의 정신을 어느 정도 되돌려 놓았다.

뭐, 기억을 통째로 날린 것이라 그 역시 제정신을 찾게 했다고는 못 하겠지만…….

'권속으로 삼으면 가능할 텐데?'

물론 아무 사령술사나 가능한 건 아니다. 어디까지나 카르나크니까 가능했던 것이지.

그렇다면 테스라낙은 어느 쪽일까?

'그렇게까지 할 마음은 없었던 건가, 아니면 그럴 능력이 없었던 건가?'

테스라낙이라면 그럴 수도 있다.

어차피 다른 쓸모 있는 부하들도 많으니 굳이 라피셀까지 욕심을 내지 않았을지도 모르지.

하지만 그게 아니라면?

'사령술에 관해서만큼은 내가 한 수 위라는 뜻인가?'

하여튼, 테스라낙은 이후 남은 부하들을 모조리 한꺼번에 보낼 생각이었다고 한다.

3인의 대마법사, 3인의 무왕, 7인의 교황까지 전부 다.

딱히 순서 같은 걸 신경 쓰지도 않았다.

애초에 한꺼번에 때려 박고 다 모일 때까지 기다릴 셈이었다.

도착하는 시간대가 몇십 년씩 차이가 난다 하더라도 어차피 큰 안목에서 볼 땐 별문제가 되지 않는다고 판단한 것이다.

이 점은 카르나크도 납득할 수 있었다. 그 역시 비슷한 생각을 했었으니까.

이후 테스라낙은 제일 먼저 엘레자르부터 시공 회귀시켰

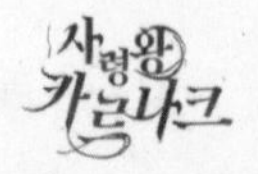

다.

그녀가 첫 번째로 선택된 이유는 별게 아니었다.

3인의 대마법사, 3인의 무왕 중 누구라도 제일 먼저 시공 회귀의 대상이 될 수 있었다. 그냥 6명 중 아무나 고른 게 엘레자르였다.

문제를 알아챈 건 엘레자르를 과거로 보낸 직후.

라피셀에, 엘레자르까지 보내고 나니 시공의 흔들림이 지나치게 커진다는 걸 깨달은 것이다.

"미래의 개입이 일정 수준을 넘어서면 여신들이 움직입니다. 그렇기에 그 사태를 피하기 위해선 시공의 진동을 막을 필요가 있습니다."

과거의 강자들이 미래의 자신에게 육체를 빼앗기고 영혼이 융합되는 과정에서 생기는 시공의 패러독스가 여신의 섭리를 뒤흔든다.

이것이 테스라낙이 확인한 문제점이었다.

"잠깐만요, 도련님."

옆에서 듣고 있던 바로스가 문득 물었다.

"그럼 우리도 딱 걸릴 뻔했다는 건가요?"

카르나크와 바로스 역시, 저 말대로라면 과거로 회귀하는 그 시점에서 시공의 패러독스를 만들어 냈을 테니까.

"글쎄다? 난 시공 회귀 당시에 아무것도 못 느꼈는데."

하지만 테스라낙도 라피셀을 보낼 때는 전혀 문제를 느끼지 못했으니 이는 확답할 수 있는 부분이 아니다.

"우리가 시공 회귀하고, 라피셀이 하고, 거기에 엘레자르까지 움직이고 나서야 유의미한 변화가 생긴 게 아닐까?"

카르나크의 답변에 제덱스가 멍하니 중얼거렸다.

"……말씀을 이해할 수 없습니다."

현 상태의 제덱스는 카르나크가 누군지, 바로스가 누군지 전혀 모르는 것이다.

심지어 제정신도 아니니 당연히 저렇게 답하겠지.

"아, 이건 그대에게 한 질문이 아니다."

손을 저으며 카르나크가 다시 물었다.

"그럼, 그 후엔 어떻게 되었지?"

"테스라낙은 시공 회귀의 여파에 대한 정밀한 계산을 시행했습니다."

그리고 결론을 내렸다.

아슬아슬하게 2명까지는 더 보낼 수 있다. 하지만 그 이상은 시공의 패러독스가 너무 커져서 여신들의 가호에 걸려 버린다.

그리고 테스라낙의 계획이 진행되기 위해선 적어도 3인은 필요했다.

각자 마법을, 오러를, 신성을 대표하는 이들이 1명씩은 있어야 한다.

"그래서 저와 드렐타인이 선택되었습니다."

오러와 사령술을 융합해야 할 드렐타인.

신성력과 사령술을 융합해야 할 제덱스.

여기에 이미 시공 회귀한, 마법과 사령술을 융합할 엘레자르까지 합치면 간신히 조건을 맞출 수 있었다.

"그렇게 저희가 먼저 이 시대에 오고, 터를 닦으며 테스라낙의 신탁을 기다렸습니다."

동시에 테스라낙은 시공의 저편에 자리를 잡고 이 문제를 해결하기 위한 방안을 마련했다.

그것이 칠흑의 정육면체, 역시공 초월체였다.

여기까지 설명을 듣고 나니 카르나크도 오랜 의문이 풀렸다.

"이 정체불명의 술식이 그런 용도였구만?"

역시공 초월체는 분명 시공의 등대 역할을 하는 물건이었다. 하지만 그 외에도 뭔가가 더 있었다.

그게 뭔가 했는데, 이제야 이해가 간다.

"등대라고만 생각했는데, 실은 방파제이기도 했다는 말이군."

역시공 초월체에는 두 가지 역할이 있다.

미래인을 과거의 시공 한 지점으로 인도하는 등대의 역할.

그리고, 미래인이라는 이름의 배가, 시공의 항구에 입항할 때 일어나는 파도를 막아 주는 방파제의 역할이다.

칠흑의 정육면체를 매만지며 카르나크는 고개를 끄덕였

다.

"오히려 방파제 쪽이 주된 목적이었다 이거지."

아무리 방파제를 세워 놓아도 다른 곳으로 배가 들이닥쳐 버리면 파도를 막을 수 없다.

그래서 등대 역할도 필수인 것이다.

그래야 배를 방파제가 있는 곳으로 인도할 수 있을 테니까.

"정확히는, 방파제 위에 세워진 등대라는 표현이 옳겠군."

유령의 목소리가 이어졌다.

"테스라낙의 권능으로, 시공 초월비를 역으로 해석해 역시공 초월체를 만드는 건 그리 어려운 일이 아니었습니다……."

하지만 만든 역시공 초월체를 과거로 보내는 방법을 찾을 수 없었다고 한다.

그렇다고 이미 과거로 돌아간 이들에게 방법을 알려 제작을 맡기려니 리스크가 너무 컸다.

역시공 초월체는 사령술뿐 아니라 마법에 대한 깊은 이해도가 필요하다. 무왕이나 교황은 방법을 알려 줘도 어차피 만들지 못한다.

그러니 선발대 중 가능한 이는 엘레자르뿐인데…….

"역시공 초월체의 제작은 오직 언데드만이 가능합니다."

그녀가 라케아니아 제국에서 차지하는 비중을 생각하면

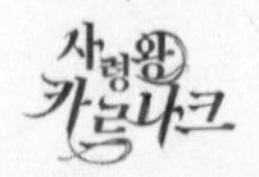

언데드가 되는 건 리스크가 너무 크다.

물론 정 방법이 없었다면 엘레자르가 언데드가 되어 제작에 나섰겠지.

하지만 다행히 그럴 필요까진 없었다.

테스라낙이 다른 방법을 찾아낸 덕이었다.

"그것이 네크로피아의 4대 총독이었습니다."

바로스가 의아해했다.

"어라? 그럼 아크 리치들은 역시공 초월체 없이 시공 회귀를 해도 별문제가 없는 건가?"

제덱스가 고개를 끄덕였다.

"시공이 흔들리는 건 현세의 영혼과 미래의 영혼이 만나는 경우이니까요."

시공의 패러독스는 양립할 수 없는 두 존재가 하나로 겹쳐지며 생기는 현상.

그런데 아크 리치들은 시공 회귀를 한다 해서 과거의 영혼을 침탈하는 것이 아니다. 그저 과거의 죽은 육체로 돌아갈 뿐인 것이지.

"덕분에 시공의 흔들림도 거의 없었습니다."

카르나크가 턱을 괸 채 중얼거렸다.

"과연, 조건이 저런 식이라면 테스라낙도 역시공 초월체 없이 추가로 미래인을 보내긴 힘들겠군."

굉장히 까다로운 조건이다.

미래의 영혼이 과거로 돌아가는 시점에서, 과거에 동일한 영혼이 존재해서는 안 되는데, 또 원래 육체는 그 시점에 존재하고 있어야 한다는 소리가 아닌가?

아크 리치같이 진짜 특수한 경우가 아니라면 언데드 중에서도 거의 해당 사항이 없을 터였다.

그 이후는 뎀피스나 말로카에게 들었던 이야기와 거의 같았다.

시공 회귀한 아크 리치를 통해 역시공 초월체를 만들게 하고, 그걸로 남은 부하들을 열심히 과거로 보내려 했다는 것.

"이건 좀 앞뒤가 맞네."

고개를 끄덕이던 카르나크가 문득 물었다.

"그런데 왜 뎀피스나 말로카는 이런 사실을 몰랐지? 역시공 초월체를 제작해야 할 당사자들인데."

"테스라낙은 오직 저희 셋만 알고 있으라 했습니다."

"왜?"

"그는 평소에도 정보 공유가 극히 제한적이었으니까요."

무릇 비밀을 아는 이는 적을수록 좋은 법.

"저 사실을 몰라도 그들의 임무에는 아무 지장이 없습니다. 그렇다면 필요 없는 정보까지 굳이 알려 줄 필요는 없다고 여겼을지도 모르지요."

알려 줘도 상관없고 알려 주지 않아도 상관없다면, 일단 숨기고 본다.

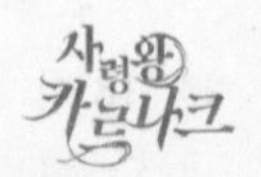

딱히 사령술사가 아니더라도 부하를 다루는 입장이라면 흔하게 볼 수 있는 유형이다.

"하긴 당연한 이야기겠군."

납득한 카르나크가 질문을 바꿨다.

"그럼 현재 역시공 초월체는 몇 개나 확보했지?"

"모두 잃었습니다."

뎀피스가 1개, 말로카가 1개씩 제작 중이었는데 현재 행방이 묘연하다는 게 유령의 답변이었다.

'제덱스도 2개라고만 알고 있나?'

이건 확인해 봐야겠다.

카르나크가 품에서 칠흑의 정육면체 2개를 꺼내 보였다.

"그 역시공 초월체들은 내가 가지고 있다."

제덱스의 유령은 딱히 반응을 보이지 않았다.

억지로 융합시킨 탓에 자아가 희박해 감정도 거의 없는 탓이었다.

"네, 주인님이 가지고 있군요."

"그리고 여기에 1개가 더 있지."

세 번째, 정체불명의 마녀에게서 얻은 역시공 초월체를 들이대며 묻는다.

"이건 대체 뭐지?"

어이없는 대꾸가 돌아왔다.

"그건 존재할 수 없습니다."

"아니, 여기 눈앞에 존재하고 있는데 뭔 헛소리야?"

"존재할 수 없습니다."

아까도 말했듯이, 지금의 제덱스에겐 자아가 거의 없다.

"역시공 초월체는 아크 리치들만이 만들 수 있습니다. 그 외의 지혜는 전해 받은 바가 없습니다."

앵무새처럼 반복해 떠드는 유령을 보며 카르나크가 실소를 흘렸다.

"그냥 모른다는 소리구만."

제덱스의 영혼이 언제 흩어질지 모르니 이참에 확인할 건 다 확인해야 한다.

카르나크는 그간 의아했던 것들을 마저 캐물었다.

"테스라낙은 어떤 식으로 너희들과 접촉하지? 혹시 그쪽에서 현세에 연락을 취할 수도 있나?"

"간접적으로 가능합니다."

시공의 저편에 있기에 직접 현세와 연락을 주고받을 수는 없다.

하지만 테스라낙은 지금도 종말의 어둠을 꾸준히 세상에 뿌리고 있는 것이다.

"과연, 종말의 어둠에 메시지를 담아 세상에 보내면 그걸

취한 인간이 어둠의 정보에 지배된 채 너희들에게 전달한단 말이지?"

납득이 가는 수법이었다.

카르나크가 다시 물었다.

"그럼 너희 쪽에서 테스라낙에게 연락하는 방법은?"

"공허의 탐식 술법으로 가능합니다."

"……뭔데, 그게?"

테스라낙이 만든 술법인데 이름만 들어서야 알 리가 있나?

제덱스가 차분히 개념을 설명했다. 카르나크의 안색이 변했다.

"어, 이거 말 되네?"

카르나크의 공허 개입 술법은 일종의 사령력 소환체를 날려 정교한 컨트롤로 공허 너머를 탐사하는 방식이다.

반면 테스라낙의 방식은 좀 달랐다.

무수한 인간의 피와 영혼을 제물로 바쳐 혼탁한 어둠의 기운을 끌어모은 뒤, 그 막대한 권능으로 단숨에 차원 계면에 구멍을 뚫는다.

물론 이렇게 한다 해도 인간의 정신으론 저 아득한 허공간을 탐사할 수 없다.

무한의 관념 속에서 미쳐 버리지 않으려면 카르나크 수준의 정교한 술식 조절 능력이 필수다.

그래서 저걸 대체 무슨 수로 극복했나 카르나크도 내내 궁금했는데, 해답은 의외로 간단했다.

"그냥 탐사하지 않는 거였어?"

공허에 한 발 걸치기만 하고 열심히 외치는 것이다.

―저 여기 있습니다! 테스라낙이여, 오소서!

공허 저편에 있는 테스라낙이 현세에 손이 닿을 순 없다.

하지만 공허에서 공허로 움직일 순 있지.

"딱 테스라낙의 영향력이 미치는 곳까지만 가서 상대를 부르는 식이란 말이지? 이건 나도 미처 생각 못 했네."

틀림없이 무식한 방식이긴 하지만, 그래도 공허에 영향을 줄 정도로 강력한 술법인 건 틀림없었다.

사령술만으로는 불가능한 방식이다.

궁금해진 카르나크가 제덱스의 유령을 다그쳤다.

"술식 좀 읊어 봐."

제덱스의 기억에 결락이 있어 술식이 완전하진 않았다. 하지만 이 정도만으로도 카르나크 수준이라면 충분히 써먹을 만했다.

'마법과 암흑투기, 사령술의 혼합인가? 이거, 꽤 응용할 만한 부분이 많겠군.'

그 외에 몇 가지 더 물어보긴 했지만, 대체로 뎀피스에게

들은 것과 딱히 다르지 않았다.

테스라낙의 계획에 대해 알아낼 수 있는 건 여기까지인 듯했다.

그래서 다른 걸 물었다.

"미래에서 돌아온 레번 스트라우스는 어찌 되었지?"

옆에 있던 레번이 표정을 굳혔다. 드디어 자신의 이야기가 나온 것이다.

제덱스의 유령이 천천히 대꾸했다.

"그는 현재 에밀 스트라우스의 육체를 차지하고 있습니다."

이미 짐작했던 일이라 놀랍진 않았다.

오히려 에밀 몸에 없었다면 더 놀랐겠지.

"그럼 왜 레번 스트라우스는 현세의 육신을 원하지 않는 거지?"

말로카의 말에 따르면 제덱스는 굳이 현재 레번의 육체를 확보할 필요가 없다고 했다.

그 이유도 이참에 확인해야겠다.

제덱스의 유령이 다시금 입을 열었다.

"그 이유는……."

그때였다.

갑자기 혼령의 형상이 맹렬하게 흔들리며 사방으로 흩어지기 시작했다.

결국 한계가 온 것이다.

“잠깐! 대답은 하고 가야……!”

레번이 기겁해 외쳤지만 이미 늦었다. 제덱스의 형상은 완전히 사라져 버렸다.

카르나크를 돌아보며 레번이 실망한 기색으로 물었다.

“끝난 거예요?”

“응.”

“다시 못 불러요?”

“이젠 완전히 끝이야.”

소멸해 버린 건지 피안으로 건너간 건진 모르지만, 적어도 현세엔 더 이상 영혼이 존재치 않는다.

“일찍 좀 물어봐 주시지…….”

“나도 중요한 건부터 순서대로 확인한 거거든?”

아쉽긴 카르나크도 마찬가지였다.

“할 수 없지. 이 정도까지라도 건진 게 어디냐.”

어차피 사로잡고 나면 영혼을 고문해 정보를 얻을 수 있음에도, 카르나크가 기회만 되면 뭔가 캐내려고 하는 이유가 이거다.

“살다 보니 세상일이란 게 뜻대로 안 되는 경우가 너무 많더라고.”

너스레를 떨며 카르나크가 레번을 달랬다.

“너무 걱정 마. 아직 알아낼 방법은 많으니까.”

엘레자르도 드렐타인도, 그리고 미래 레번 본인도 저 이유에 대해서 알고 있을 터.

그러자 레번이 눈을 흘겼다.

"그게 무슨 의미가 있습니까? 그 인간들까지 다 처리하고 나면 더 이상 고민할 필요도 없어지잖아요."

"이런, 안 속네."

실실 웃으며 카르나크는 몸을 일으켰다.

이제 이곳엔 더 이상 볼일이 없다.

"이만 돌아가자. 애들 기다리겠다."

모든 용무가 끝났으니, 카르나크 일행도 하르톨 시티를 떠났다.

마차 몰고 북으로, 유스틸 왕국으로의 기나긴 귀로에 오른다.

"앞으로의 일정이 어찌 됩니까, 도련님?"

"일단 수도 드룬타 가서 처리할 일들이 있고……."

바로스의 질문에 카르나크가 대답을 이었다.

"그거 끝나면 한동안 영지에 가 있으려고 해."

"우리 영지요? 뭐 하시게요?"

"제덱스가 우리 손에 죽었잖아. 당연히 저쪽에도 그 소식이 흘러들어 가겠지."

뎀피스, 말로카에 이어 3성인 중 1명인 제덱스마저 카르나크에게 당했다.

실은 아크 리치 2명이 더 넘어왔지만 그것까진 아직 알려지지 않았고.

이제 검은 신의 교단 입장에서도 카르나크는 무시할 수 없는 강적 중 하나가 되었다.

"그런데 날 그냥 내버려 둘 리가 없지."

이제까진 엘레자르나 드렐타인이 직접 카르나크를 노리지는 않았다.

굳이 제국의 위장 신분을 깨면서까지 직접 움직이지 않아도 대신 보낼 부하들이 있었으니까.

하지만 그 부하들이 죄다 카르나크에게 깨졌다.

그리고 어쨌거나 지위상으로는 동급인 제덱스마저 당했다.

당대의 대마법사와 무왕을 적으로 마주할 가능성이 매우 커진 것이다.

"엘레자르나 드렐타인이 직접 찾아오면 맞서 싸울 자신 있냐?"

"아직은 무리죠."

"그래서, 날 지켜야 할 너희들을 좀 더 빨리 강해지게 만들 생각이다."

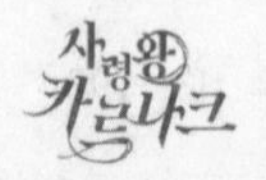

바로스나 라피셀은 오러양만 받쳐 주면 금방 예전의 경지를 회복할 수 있다.

레번도 저 둘만은 못하겠지만, 미래에 무왕이 될 만큼 재능이 출중하니 상당히 강해질 것이다.

세라티는 뭐…….

'남들 다 강해지면 재도 아득바득 쫓아갈 것 같고.'

근거는 딱히 없는데, 어쩐지 그럴 것 같은 느낌이었다.

바로스가 고개를 저었다.

"그야 오러양만 받쳐 주면 가능할지도 모르죠. 그런데 무슨 수로 오러양을 급격하게 늘려요? 그건 단기간에 되는 게 아닌데."

"응, 그걸 단기간에 되게 해 보려고."

역시공 초월체를 매만지며 카르나크가 싱긋 웃었다.

"이번에 제덱스 덕분에 좋은 걸 건졌거든."

황혼의 질주

알테일 왕국 변두리에 위치한 이름 없는 황야.

이곳에는 오래전부터 옛 구 왕조 시절의 버려진 마을이 존재했다.

한때는 융성했으나, 오랜 가뭄으로 인해 수원이 마른 뒤 사람들은 모두 떠나고 무너진 벽돌과 돌무더기만 가득한 폐허.

이는 핍박받는 검은 신의 교도들이 자리를 잡기에 매우 적합한 조건이었다.

사교도들은 이 폐허에 아바로스란 이름을 붙이고 근거지로 삼았다. 그리고 각종 악령과 마물을 부리며 온갖 악행을 이어 갔다.

인근의 귀족과 군대, 여신교단마저 놈들의 횡포를 막지 못했다.

백성들의 고통이 하늘을 찌르고 그들이 흘리는 눈물이 강이 되어 흘렀다.

하지만, 이런 사교도들의 만행도 그리 오래가진 못했다.

고립된 황야의 폐허 속에서 요란한 전투가 벌어지고 있었다.

“으아아아!”

거친 모래바람을 뚫고 회색 로브를 걸친 자들이 달려온다.

고함과 함께 양손을 내밀며 칠흑의 기운을 날린다.

“죽어라, 어둠의 주구들아!”

반대편에 선 검은 로브 차림의 사내, 아바로스의 지부장 다미스가 어이없어하며 악을 썼다.

“그게 무슨 헛소리냐!”

어둠의 주구라는 표현에 화를 내는 건 아니었다.

죽음과 어둠의 신, 테스라낙을 섬기고 있지 않은가? 어둠의 주구 자체는 오히려 영광스러운 표현이다.

어이없는 부분은, 자기들도 사령술을 펼치는 주제에 이쪽을 어둠의 주구라 칭하고 있다는 점이었다.

"그러는 네놈들도 어둠의 힘을 쓰지 않느냐?"

회색 로브의 사내들이 코웃음을 쳤다.

"흥! 어리석어 제대로 볼 줄도 모르는구나!"

그러더니 양손을 들어 올려 기운을 끌어내며 자랑스레 외친다.

"이것이 어둠으로 보이느냐?"

다미스는 잠시 말문을 잃었다.

"……."

매우 칠흑이었다. 누가 봐도 새까맸다.

'나도 미친놈이지만 이놈들도 만만찮구나!'

뭐, 회색 로브 쪽도 할 말은 있는 듯했다.

"이것이 바로 황혼의 권능이다!"

"위대한 여신, 세라칼 님께서 우리에게 내려 주신 은총!"

당당한 그 모습에 다미스의 인상이 더더욱 구겨졌다.

'젠장, 저 정신 나간 황혼교 놈들!'

회색 로브 무리의 정체는 황혼의 교단이었다.

최근 들어 검은 신의 교단과 점점 더 충돌이 잦더니, 결국 여기까지 쳐들어온 것이다.

"가라! 황혼의 형제들이여!"

"세라칼 님의 뜻을 이 땅에 펼쳐라!"

수많은 황혼의 교도들이 칼과 창을 휘두르며 폐허를 질주한다. 요란한 발걸음이 사방을 뒤흔든다.

검은 신의 교도들도 이를 악물며 맞섰다.

"이 미친놈들은 대체 왜 우리한테만 이러는 거야?"

"그대들도 테스라낙을 섬기던 이들이 아니었나? 대체 이게 무슨 짓인가?"

화살을 쏘고 어둠의 화염을 이용해 맹공을 퍼붓는다.

각자 무기에 어둠의 기운을 부여한 뒤 베고 또 벤다.

서로가 서로를 부인하며 언어와 칼날을 휘둘러 댄다.

"우리는 올바른 여신을 찾았다!"

"그릇된 자들이여, 죽음으로 회개하라!"

낡은 석재의 잔해와 황폐한 풍경 사이로 불꽃과 화살이 오갔다. 함성이 폐허 곳곳에 울려 퍼졌다.

"으아아아아!"

"세라칼 님을 위하여!"

"테스라낙이여, 보우하소서!"

시간이 지날수록 폐허가 무수한 피와 땀으로 젖어 들었다.

얼마나 지났을까? 회색 로브 무리의 뒤로 갑자기 한 여인이 나타났다.

"모두들 잘 버텨 주었습니다."

그녀를 본 황혼교도들이 기뻐하며 외쳤다.

"말로카 님!"

여인이 손짓을 하여 회색 로브 무리를 뒤로 물렸다.

"물러나세요. 이제 이들은 제가 맡지요."

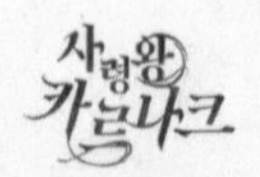

다미스는 인상을 썼다.

상당히 아름다운 여인이었다.

석영처럼 매끈하고 투명한 피부에 밤하늘처럼 은은히 빛나는 긴 흑발의 머리카락, 보석처럼 반짝이는 감미로운 눈동자까지.

확실히 사람들을 매료시킬 만한 미모의 소유자임엔 틀림없었다.

하지만 얼굴 좀 예쁘장한 것이 이 상황에서 무슨 의미가 있단 말인가?

"네년은 대체 뭐냐?"

다미스의 막말에 말로카가 빙그레 웃었다.

"호호호……."

동시에 그녀가 변했다.

피부가 사라지고, 뼈가 드러나고, 눈동자가 불타고, 어둠이 사방으로 드리운다.

아름다움이 썩어 가고 음성마저 뒤틀린다.

"눈이 있어도 보지 못하는 어리석은 자들이여……."

기겁한 검은 신의 교도들이 뒷걸음질을 쳤다.

"으헉!"

"으허헉!"

그 아름답던 여인이 순식간에 흉측한 해골로 변해 버린 것이다.

사령술에 익숙한 이들에게조차도 섬뜩하기 이를 데 없는 광경이었다.

"황혼과 혼돈의 여신 세라칼의 이름으로……."

방대한 어둠의 마력을 떨치며 아크 리치, 말로카가 날아올랐다.

"그대들을 수확하겠노라!"

끔찍한 해골이 기괴한 웃음을 터트렸다.

공포 깊은 곳에서 울려 퍼지는, 쇠를 긁는 듯한 광소였다.

"크하하하하!"

아바로스 폐허 지하엔 여신교의 성직자와 인근 마을 사람들이 붙잡혀 있었다.

악마에게 바치기 위해 검은 신의 사교도들이 확보한 제물들이었다.

철컹!

쇠창살이 열린다. 갇혀 있던 이들이 회색 로브 무리의 인도에 따라 감옥 밖으로 나온다.

풀려난 알리움의 성직자, 파르샬이 주위를 둘러보며 물었다.

"다, 당신들은?"

"우리는 황혼의 여신, 세라칼을 섬기는 이들."

황혼교도를 이끄는 흑발의 미녀가 우아한 목소리로 대꾸했다.

"여신의 이름으로 그대들을 구하러 왔습니다."

중년 나이의 성직자 1명이 인상을 쓰며 외쳤다.

"그게 무슨 헛소리냐?"

여신의 성직자들은 특히나 민감하게 상대의 어둠을 감지할 수 있는 것이다.

"네놈들도 사악한 사령술사가 아니냐!"

흑발의 미녀는 일견 평범해 보인다.

하지만 주위를 둘러싼 회색 로브의 사내들에게선 틀림없이 지독한 사령력이 느껴지고 있었다.

검은 신의 사교도들과 비교해도 떨어지지 않는 끔찍한 기운이었다.

미녀, 말로카가 달래듯 말했다.

"불은 인간이 다루기에 따라 축복도 재앙도 되는 법이지요? 어둠 역시 마찬가지입니다."

눈에는 눈, 이에는 이라는 말이 있다.

황혼의 교단이 바라는 바 역시 이와 같다.

"악에는 악, 어둠에는 어둠."

노래하듯 읊조리며 그녀가 말을 이어 갔다.

"당신들에게 인정받고자 함이 아닙니다. 그저 이것이 우리가 섬기는 여신, 세라칼의 뜻이기에 행할 뿐입니다."

황혼교도들이 갇혀 있던 이들을 지상으로 이끌었다.

다들 순순히 뒤를 따랐다.

아무 힘이 없는 일반인들은 물론이고, 오랫동안 갇혀 있어 쇠약해진 여신의 성직자들 역시 저들에게 저항할 기력이 없는 것이다.

걱정과 경계 속에서 밖으로 나오자, 말로카가 다시 말했다.

"저흰 그럼 가 보도록 하지요."

"정말 이대로 풀어 준다고?"

"아까부터 그리 말하지 않았나요?"

이쯤 되니 아무리 성직자들이라도 더 이상 의심을 할 순 없었다.

이들은 정말 자신들을 구해 주러 온 것이다.

"으, 으음……."

감사 인사를 할 순 없다. 교리에 어긋난다.

하지만 저들이 생명의 은인인 것도 사실.

어쩔 줄 몰라 하는 성직자들을 향해 말로카가 부드러운 미소를 지었다.

"기억해 주세요. 우리는 빛을 기다리는 어둠, 황혼을 섬기는 이들. 당신들의 적이 아닙니다."

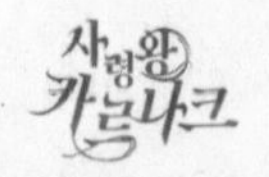

하르톨 시티를 출발한 지 보름 뒤.

마침내 카르나크 일행은 유스틸 왕국 수도 드룬타로 돌아왔다.

오랜만에 돌아온 집을 둘러보며 붉은 머리 미녀가 혀를 찼다.

"우와, 먼지 쌓인 거 봐."

뒤를 따르는 잿빛 머리 소녀도 비슷한 표정이었다.

"너무 빈집으로 내버려 두는 거 아니에요, 이거?"

세라티도 라피셀도, 머리 염색이 슬슬 풀려 원래 머리색으로 돌아온 것이다.

하여튼, 정말 집을 오래 비우긴 비웠다.

하르톨 시티 사건으로만 한 달 넘게 비웠고, 그 전에도 어쩌다 하루 이틀 정도만 머무를 뿐 내내 밖으로 싸돌아다녔다. 실제로 여기서 산 기간은 진짜 얼마 안 된다.

"도로 팔아 버릴까?"

잠시 고민한 카르나크가 이내 고개를 저었다.

"아니, 그래도 수도에 거점 없으면 여러모로 귀찮다."

일단 짐만 풀고 다시 나가기로 했다.

오랜만에 수도로 복귀했으니 이래저래 밀린 일들이 많았다.

아무리 멋대로 움직이는 것 같아도 카르나크는 엄연히 유스틸 킹스 오더의 부단장이고 바로스와 세라티, 레번도 킹스 오더 소속이다. 일단은 공직자란 소리다.

바로스도 동의했다.

"에란텔 단장이 여러모로 대하기 편한 성격이긴 하지만, 그래도 사후 보고 정도는 해야죠."

세라티가 라피셀을 돌아보며 물었다.

"넌 어쩔래, 라피셀? 딱히 볼일은 없겠지만."

그녀는 아직 킹스 오더가 아니다.

오러 유저가 되었으니 사실 자격이야 충분하겠지만, 대외적으로는 여전히 세라티의 종자.

"이참에 라피셀도 킹스 오더로 등록시킬까? 월급 나올 텐데, 그럼."

카르나크의 의견에 바로스가 피식 웃었다.

"나이가 너무 어려서 안 받아 줄걸요."

"투기검 보여 줘도 과연 안 받아 줄까?"

"어, 그러네요?"

하여튼 이건 나중에 고민할 일이고, 라피셀은 킹스 오더가 아니니 굳이 본부에 따라올 필요가 없다.

그래서 그녀는 양 팔뚝을 걷어붙였다.

"다녀오세요! 전 그동안 청소할게요!"

이 집 처음 구입했을 때 가장 열심히 돌본 이가 라피셀이

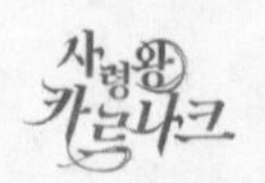

었다.

기껏 쓸고 닦은 집구석이 도로 더러워진 걸 보니 의욕이 솟구친 듯했다.

"그럼 부탁한다."

라피셀에게 집을 맡기고 카르나크는 다시 거리로 나섰다.

바로스, 세라티, 레번을 대동해 도시 남쪽으로 향한다.

킹스 오더 본부로 들어서자 여기저기서 그를 알은척했다.

"앗, 카르나크 부단장님!"

"저기, 그 소문이 진짜입니까?"

"리파울 왕국에서 엄청난 일을 하셨다던데요?"

하르톨 시티의 구원자, 카르나크의 명성은 어느새 드룬타에까지 퍼져 있었다.

'와, 소문 빠르네?'

하긴, 뒷수습하느라 일주일가량 도시에 머무르고, 또 보름 가까이 걸려서 돌아온 참이었다.

시간이 꽤 많이 흘렀으니 소문이 먼저 도착했을 수도 있겠다.

"소문만큼 대단한 일은 아닐세."

대충 겸양을 표하며 카르나크가 물었다.

"그런데 에란텔 단장님은?"

"자리에 계십니다."

2층 집무실로 올라가자 에란텔이 반가워하는 얼굴로 일행을 맞이했다.

"어서 오게, 카르나크 경. 하르톨 시티 사건에 대해선 이미 들었다네."

"그 이야기는 나중에 하시죠. 지금은 밀린 일 처리부터 끝내러 왔습니다."

"하긴, 아무리 자네라도 최소한의 업무는 해야지?"

부단장으로서의 사후 보고 및 복잡한 서류 처리가 이어졌다.

크게 중요하지는 않지만 꼭 해야만 하는 업무들이었다.

급한 일이 대충 끝나자 에란텔이 차나 한잔 하고 가라며 권유했다. 하르톨 시티 사건이 꽤나 궁금했던 모양이다.

"자네도 요즘 정세 정도는 알아 놓아야 할 것 아닌가?"

"그렇게 하지요."

에라텔이 하녀를 불러 차를 준비하게 시켰다.

카르나크가 문득 질문을 던졌다.

"그런데 요즘 정세라니, 무슨 일이라도 있습니까?"

"황혼의 교단에 대해 들어 봤지?"

들어 본 정도가 아니라 아예 당사자이지만, 시치미 뚝 떼고 대답한다.

"물론입니다. 요새 새로 나타난 사교도들 아닙니까?"

"그래, 사교도라면 사교도이긴 한데……."

미묘한 표정을 지으며 에란텔이 턱을 매만졌다.

"이게 참, 판단이 잘 서지 않는 자들이라서 말이지."

몇 달 전부터 7왕국 곳곳에서 모습을 드러낸 새로운 사교단, 황혼의 교단.

최근 들어 이들의 활동이 격해지고 있었다.

그래서 사람들은 생각했다.

검은 신의 교단으로도 모자라 황혼교라는 새로운 사교도가 나타나 세상을 어지럽히……나?

"이게, 어지럽힌다고 하기엔 행보가 묘한 부분이 많아서 말일세."

에란텔의 말대로, 황혼교는 검은 신의 교단과 뭔가 좀 달랐다.

검은 신의 교단은 혹세무민, 세상과 사람들을 어지럽히는 것이 주요 활동이었다.

반면 황혼교는 검은 신의 교단을 공격하는 것 외엔 딱히 하는 게 없었다.

일반적인 사교단처럼 세력을 키우는 게 아니라, 오직 암흑교단을 습격하고 퇴치하고 저들의 재산을 갈취하는 것에만 활동이 집중되어 있는 것이다.

"사실 종교라는 측면에서만 보면, 오히려 검은 신의 교단이 멀쩡해 보일 정도라네."

검은 신의 교단은 세력을 넓히는 과정에서 버림받은 이들을 거두어 따로 살 곳을 마련해 주는 경우가 많았다.

신도의 신분이나 재산, 능력에 상관없이 모두를 보듬어 안은 것이다.

황무지나 던전, 황야의 폐허 같은 곳에 암흑교단의 비밀 근거지가 그리 많은 이유였다.

그런데 황혼의 교단은 불필요한 교인의 숫자를 일부러 늘리려 하지 않았다.

버림받은 이들을 구한다?

그런 거 없다. 쓸모없으면 그냥 버린다.

그래서 딱히 비밀 근거지 같은 것도 따로 없었다.

평소엔 정체를 감추고 일반인들 사이에서 일반인인 척 태연하게 살아간다.

"놈들의 숫자가 적어서 가능한 일이지."

황혼교의 주요 구성원은 검은 신의 교단에서 탈퇴한 불만 세력과, 검은 신의 교단에 원한이 있지만 복수할 힘이 없어 황혼의 권능을 추구한 이들이다.

어디까지나 능력 위주의 소수 정예로만 구성되어 있는 것이다.

"단순히 머릿수로만 보면 암흑교단의 5퍼센트도 안 될 걸로 추측하고 있다네."

하지만 검은 신의 교단의 95퍼센트는 아무 힘도 없는 일반인일 뿐이다. 전투가 가능한 전력은 고작해야 한 줌에 불과

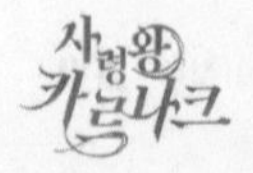

하다.

그에 비해 황혼교는 통째로 군대.

전력만 보면 비슷하거나, 오히려 암흑교단보다 우위인 부분도 있다.

거추장스러운 일반 신도들이 없는 만큼 효율적으로 움직일 수 있으니까.

"하는 짓만 보면 뒷골목 건달이나 다국적 상단에 더 가까워 보이지."

사령술을 대하는 방식도 서로 달랐다.

검은 신의 교단은 사령술을 죽음과 어둠의 신, 테스라낙을 섬기는 신관들의 신성술이란 개념으로 사용한다.

황혼의 교단은 그렇지 않았다.

사령술은 어디까지나 수단, 황혼의 여신 세라칼이 알려 주신 필요악의 지혜일 뿐.

사령술 자체가 악의 소산이란 점은 인정하는 것이다.

다만 독도 적절히 쓰면 약이 되는 것처럼, 세라칼의 가르침에 따라 선을 지키며 꼭 필요할 때만 사령술을 사용하는 건 괜찮다는 식이었다.

"물론 사령술을 쓰는 시점에서 둘 다 상종 못 할 사악한 사교도들인 것은 분명하지. 하지만 황혼교 쪽이 아무래도 위험도가 낮아 보이긴 하잖나? 사교도답지 않게 세력을 넓히려는 시도도 없고 말이야."

에란텔 단장의 설명에 카르나크는 진지하게 고개를 끄덕였다.

"그건 그렇군요."

그리고 속으로 웃었다.

'실은 이쪽이 오히려 전형적인 사교도에 가깝지만 말이지.'

검은 신의 교단은 진짜로 테스라낙에 대한 신앙을 모아야 하니 저렇게 제대로 된 종교적 형태를 취했을 뿐이다.

혹세무민을 통해 사익을 추구하는 사이비들의 행태는 오히려 황혼교 쪽과 더 닮아 있다.

물론 현재 황혼교가 저리 애매한 취급을 받는 것에는 다른 이유도 있었다.

예전 일을 떠올리며 카르나크는 내심 만족스러워했다.

'나름대로 준비한 대책이 잘 먹히고 있나 보군.'

예전에 레번도 걱정했듯이, 이대로 황혼교의 세력이 커지다 보면 결국 여신교와 충돌하게 된다.

그래서 뎀피스를 비롯한 4대 총독을 보내며 그가 따로 지시한 부분이 있었다.

―적당히 뇌물부터 먹이고 봐. 세상만사 다 돈으로 시작하는 법이거든.

어차피 사령술을 사용하는 이상 기존의 질서에 편입될 수는 없다.

하지만 적절한 거리감, 그리고 적절한 무게의 금화를 이용하면 기존의 질서로부터 유보 대상으로 받아들여질 순 있는 것이다.

검은 신의 교단을 열심히 사냥한다. 그리고 거기서 나오는 전리품 일부를 그 지역의 유력 귀족들에게 뇌물로 바친다.

먹여 살려야 할 입이 많은 검은 신의 교단과 달리 일반 신도가 거의 없는 황혼교이기에 가능한 수법이었다.

조직 운영에 필요한 경비를 제하고도 여유가 상당히 남을 때나 가능한 방식이니까.

물론 세상 모든 귀족이 다 썩어 빠진 것도 아니고 누구나 다 사교도들에게서 뇌물을 받지는 않을 것이다.

그래서 카르나크는 꽤나 세련된 방식으로 뇌물을 건네게 했다.

명목상으로는 어디까지나 이런 식이다.

-사악한 암흑교단이 백성들의 고혈을 빨아 금은보화를 축재했으니, 이를 다시 백성들에게 돌려주려 합니다.

쉽게 말해 의적 같은 짓을 한 것인데, 여기서 저 돈을 백성들에게 직접 주지 않는다.

대신 그 지역의 영주, 즉 귀족들에게 건넨 뒤 백성들을 위해 사용해 달라고 한다.

명분도 그럴싸했다.

—백성을 돌보기 위해 불철주야 노력하시는 영주님들이 아니라면 대체 누구에게 이 돈을 건네란 말인가? 지나가는 거지에게?

영주 입장에서도 이 돈을 안 받을 수는 없다.

원래 백성들의, 영지의 돈이었으니까.

기존의 질서와 아주 노골적으로 야합하고 있는 것이다.

사실 이런 경우엔 보통 사교도 내에서 분열이 일어나기 마련이다.

사교란 건 기본적으로 기존의 질서에 대한 불만에서 출발하니까.

세상을 뒤엎고자 모였는데 세상과 야합해 버린다고? 그럴 것이면 그냥 7여신교 믿지 뭐 하러 새 종교를 찾았겠는가?

하지만 황혼교의 경우엔 상황이 조금 다르다.

목표는 어디까지나 검은 신의 교단을 벌하는 것.

단지 그 과정에서 여신교가 인정하지 않는 사령술을 사용하는 것뿐이다.

딱히 기존의 질서를 부정하지도, 적으로 여기지도 않는다.

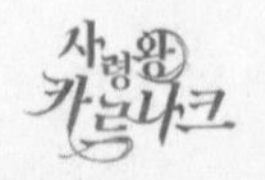

덕분에 각국의 왕가며 귀족들 사이에서 황혼교의 이미지는 크게 나쁘지 않았다.

사교단이 둘 있는데 한쪽은 내 재산, 내 영민 강탈하며 피해를 입히는 놈들이고 다른 한쪽은 돈도 돌려주고 피해도 딱히 안 끼친다?

당연히 호감도가 오르지.

겉으로야 모든 사교도를 박멸하겠다고 하지만, 실제로는 대부분의 왕국들이 황혼교 쪽은 그냥 못 본 척 넘어가고 있었다.

분위기가 이렇게 되니 여신교 역시 대놓고 황혼교를 핍박할 순 없었다.

당장 검은 신의 교단부터 막아야 할 판국에 힘을 분산시킬 순 없으니까.

물론 고지식한 교조주의자들은 초반에 황혼교 탄압에 열을 올리기도 했지만, 요즘은 그 움직임도 많이 가라앉았다.

황혼교의 교리가 세상에 조금씩 알려지기 시작한 다음부터였다.

뎀피스 혼자 황혼교를 담당할 때에도 결과가 썩 나쁘지는 않았다.

하지만 아크 리치가 셋이 더 붙으니 확실히 효율이 달라졌다.

특히 말로카는 이런 조직 운용이며 선동, 유언비어 유포 등에 있어선 4대 총독 중 으뜸이었다.

황혼교 관리에 들어가자마자 그녀가 제일 먼저 한 것은 이것이었다.

-교리부터 확실하게 세우겠습니다!

애매하던 황혼과 혼돈의 여신, 세라칼이 확실하게 정의되었다.

황혼은 빛을 기다리는 어둠.

일곱 여신의 뒤를 잇는 막내, 새로운 여덟 번째 여신이 바로 황혼의 세라칼이다.

그렇기에 황혼의 교도들은 어둠의 힘을 다루지만 빛을 추구하며 황혼의 시대에 대비하고자 한다.

7여신교에 은근슬쩍 편승해서, 아직은 7여신교의 시대가 맞지만 황혼의 시대가 오면 8여신교가 될 거고, 그때 오시는 여신님께서 바로 세라칼이시다, 뭐 이런 식이었다.

검은 신의 교단과의 가장 큰 차이점은 바로 여신교를 부정하지 않는다는 점이다.

죽음과 어둠의 신, 테스라낙은 기존의 세상을 뒤엎고 새로

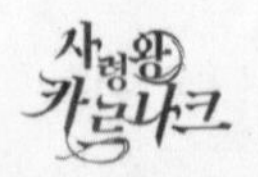

운 세상을 여는 존재.

그에 비해 황혼과 혼돈의 여신, 세라칼은 어디까지나 여덟 번째 여신이었다.

교리 역시 꽤나 겸손해, 다른 여신들이 열심히 일하고 남은 부분, 모자란 부분을 채우는 존재라는 식이다.

실제로 구조된 여신교의 성직자와 황혼교도가 이런 대화를 나눈 기록도 있었다.

—황혼의 여신께선 원래 황혼의 시대에 강림하셔야 합니다. 허나 검은 신의 사교단이 창궐하여 세상을 어지럽히니 올바른 황혼을 맞이하기 위해 잠시 일찍 저희가 움직이는 것뿐이지요.

—그럼 검은 신의 교단을 물리친 후엔 어쩔 셈인가?

—황혼의 시대가 오길 기다려야지요. 그것이 올바른 섭리이니.

—그게 언제 오는데?

—모릅니다. 그저 올 때까지 기다릴 뿐입니다.

요약하면, 당장 검은 신의 교단 물리치고 나면 황혼교도도로 사라질 것이고 세상은 7여신교의 것으로 돌아갈 것이며 '한참 나중에나' 다시 나타날 것이란 소리다.

에란텔이 소파에 몸을 기대며 지친 목소리로 말했다.

"황혼교는 분명히 사교도이고, 장기적으로 봤을 때는 사회에 해악이 될 것이 분명하지."

하지만 검은 신의 교단이 세상을 어지럽히는 현시점에서 볼 땐 쓸 만한 사냥개가 될 수 있지 않을까?

황혼의 교단을 인정할 수는 없다. 하지만 부정할 필요도 없을 것 같다.

"이게 현재 각 왕가와 귀족들의 입장이라네."

"여신교단은요?"

곧바로 이어지는 질문에 에란텔이 너털웃음을 지었다.

"7여신교는 입장이 조금 다르긴 하지."

절대 인정할 수 없다. 황혼의 교단은 용납할 수 없는 사교도일 뿐이다. 검은 신의 교단을 물리치면 그다음은 황혼교 차례다!

"그러니 그때까진 이독제독으로 놈들을 이용하겠다더군."

"그거, 손잡고 검은 신의 교단과 싸우자는 소릴 그냥 조금 다르게 한 것뿐 아닌가요?"

"그렇긴 한데, 입장은 저렇게 밝혔다 이거지."

에란텔의 설명에 카르나크는 내심 뿌듯해했다.

이 정도면 앞으로 황혼교의 활동에 큰 문제는 없을 듯하다.

'역시 말로카가 싸움을 못해서 그렇지, 이런 건 잘한다니까?'

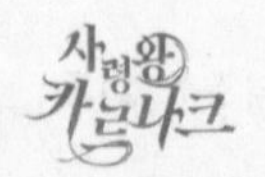

세 번이나 도로 살린 보람이 생생히 느껴진다.

아, 물론 지금의 말로카는 테스라낙이 되살린 쪽이긴 하지만.

"황혼교에 대해 더 알고 싶다면 이따 사리아 양을 찾게. 그녀에게서 추가 자료를 받을 수 있을 걸세."

설명을 마친 뒤 에란텔이 몸을 앞으로 숙였다.

"그럼 이제 자네들 이야기를 듣고 싶군. 대체 하르톨 시티에서 무슨 일이 있었던 건가?"

"아, 그게 말이죠……."

제덱스 일당과의 전투에 대해 대략적으로 설명해 주었다.

말을 마친 뒤 카르나크가 진지한 표정을 지었다.

"그건 틀림없이 태양의 여신, 라티엘의 권능이었습니다."

라티엘의 권능을 어둠의 힘을 지닌 자가 사역하고 있으니 이는 보통 일이 아니다.

"이에 대해서 여신교단에도 알려야 할 것 같더군요."

"그야 그렇겠지."

"그래서 말인데, 셀라스의 신관들과 만날 수 있게 자리를 마련해 주실 수 있겠습니까?"

유스틸 왕국 수도 드룬타 인근에는 알리움 교단의 본산, 셀라스 대신전이 존재한다.

7왕국 전체를 통틀어도 세 손가락 안에 드는 거대한 신전으로, 그만큼 강력하고 지위 높은 신관들이 모여 있는 곳이

기도 했다.

"그분들이라면 이 문제에 대한 지혜를 펼치실 수 있겠지요."

카르나크의 부탁에 에란텔이 코웃음을 쳤다.

"자리를 마련해?"

이는 굳이 카르나크가 부탁할 필요도 없는 문제였다.

"저쪽에서 먼저 자네를 찾을 걸세. 그만큼 중대한 일이니까."

에란텔의 말은 옳았다. 굳이 카르나크 쪽에서 연락을 할 필요도 없었다.

킹스 오더 본부 다녀오니 집 청소 끝낸 라피셀이 초대장을 내민 것이다.

"셀라스 대신전에서 신관분이 왔다 가셨어요. 카르나크 님께 전해 달라고 하시던데요?"

대신전도 하르톨 시티 사건에 대한 소문을 접했다. 그리고 당연하게도 매우 중대한 문제로 받아들였다.

최후에 나타난 빛의 거인, 그것은 아무리 봐도 라티엘의 권능을 지니고 있는 것처럼 보였다.

하르톨 시티의 많은 성직자들, 특히 태양의 신관들이 확인한 사실이었다.

이걸 그냥 넘어간다면 여신의 종을 자처할 자격 따윈 있을

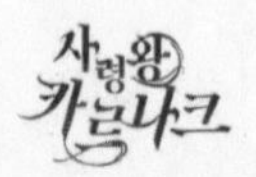

리 없다.

이미 자세한 정황을 파악하기 위해 하르톨 시티에 조사관들을 파견한 후였다.

하지만 조사관이 아무리 많아 봐야 상황 다 끝난 후에 파악하는 것에는 한계가 있다. 역시 당사자들의 이야기를 직접 들어 봐야 한다.

그래서 카르나크 일행이 돌아오기만을 내내 기다리고 있었다는 것이다.

"셀라스 대신전이 우릴 초대했단 말이지? 일이 편해지는군."

로브를 벗어 벽에 걸며 카르나크가 모두에게 말했다.

"다들 준비해. 내일 아침 해 뜨자마자 바로 출발할 테니까."

셀라스 대신전은 수도 드룬타에서 동쪽으로 한나절 거리.

아침 일찍 출발한 카르나크 일행이 목적지에 도착한 것은 점심쯤이었다.

들판 너머 저 멀리 대규모의 마을이 보인다.

멀리서도 또렷이 보이는 커다란 건물들의 모습에 라피셀이 감탄을 터트렸다.

"우와, 신전이 굉장히 크네요?"

당연하다며 레번이 대꾸했다.

"달과 정의의 여신, 알리움의 본산이니까."

마을은 중앙에 돌로 쌓은 거대한 셀라스 대신전이 위치하고, 고 주위를 라티엘이며 하토바 등 다른 여신을 섬기는 여섯 신전이 둘러싼 형태였다.

모든 여신교의 본산이 그렇듯 각 교단끼리의 효율적인 연계를 위해 다른 여신교단의 지부와 함께 세워져 있는 것이다.

일곱 신전을 중심으로 포장된 길이 방사형으로 나 있었다.

온갖 가옥들이 즐비한 중앙로를 따라 카르나크 일행은 계속 움직였다.

거리 곳곳에서 여러 여신교의 성직자들이 흔하게 보였다.

사이샤의 법복을 걸친 사내 뒤로 아티마의 성직자가 지나가고, 그 옆에 다른 여신교의 신관들이 또 길을 걸어간다.

"사방이 신관들이네요."

"세상에, 일반인보다 성직에 있는 이들이 더 많을 지경이라니."

이토록 많은 성직자를 보는 건 세라티와 레번도 처음이었다.

카르나크와 바로스?

둘은 이보다 더 많은 성직자도 숱하게 봤지. 전부 자기들

죽이려고 달려들던 이들이라서 문제지만.

주위를 둘러보며 세라티가 중얼거렸다.

"역시 7왕국 연합의 양대 대신전답네요."

현시대의 셀라스 대신전은 단순히 한 교단의 본산 정도가 아니다.

종말의 신탁이 이 땅에 내려졌으니, 현재 7여신교의 당면한 최우선 목표는 바로 어둠과 맞서 싸우는 것.

셀라스 대신전은 이 위대한 전투의 사령부에 해당하는 곳이기도 했다.

펠마이어 왕국에 위치한 하토바의 본산, 이드리스 대신전과 함께 7왕국 전역의 어둠 사건을 총괄하고 심문관들을 관리하며, 각지에서 수거한 종말의 어둠을 봉인하는 막중한 임무도 맡고 있다.

여러모로 7왕국 내 여신교단의 중심 중 하나라 할 수 있는 것이다.

"그런 만큼 사령술에 의한 공격에 특히 민감하지. 아마 7왕국에서 어둠의 권능에 가장 대비가 잘되어 있는 곳이 이곳일걸."

설명을 하는 와중에도 카르나크는 연신 거리 곳곳을 예리하게 살피고 있었다.

저기도 결계, 여기도 결계, 진짜 사방이 대사령술용 결계투성이다.

레번이 피식 웃었다.

"확실히 카르나크 님은 신경을 쓰셔야 할 것 같군요."

[전언으로 말해, 전언으로! 라피셀한테 들킬라.]

[아차, 죄송합니다.]

그렇게 거리를 지나 셀라스 대신전까지 향했다.

신전에 도착하니 이내 중년 신관 2명이 마중을 나왔다. 꽤나 기다리고 있었던 눈치였다.

"어서 오십시오, 카르나크 공."

카르나크뿐 아니라 다른 일행도 전부 알아본다.

"바로스 경과 세라티 경도 오셨군요. 레번 경도."

인사를 건네던 신관들이 잿빛 머리 소녀를 보며 움찔거렸다.

"혹시 이 아이가 라피셀 양입니까?"

"소문에 따르면 오러 유저라던데 정말인지?"

고작 14살 정도밖에 안 되는 아이가 투기검을 휘두르며 도시 곳곳을 누볐다. 소문이 안 퍼질 리 없는 것이다.

카르나크가 라피셀을 돌아보았다.

"보여 드리렴."

"네."

신전 한복판에서 검을 꺼내 드는 건 예의가 아니다. 그리고 오러 유저임을 증명하는 데 반드시 투기의 빛을 밝힐 필요는 없다.

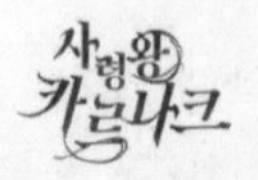

"흡!"

짧은 기합과 함께 라피셀은 전신의 투기를 끌어 올렸다. 그녀의 머리칼이 바람도 없는데 나부끼기 시작했다.

고위 신관쯤 되면 이 정도로도 상대의 기운을 충분히 확인할 수 있는 법.

신관들이 연신 감탄을 터트렸다.

"맙소사……."

"이 정도면 역대 오러 유저 중 최연소 아닙니까?"

"그럴지도 모르겠구려."

이걸로 라피셀도 하르톨 시티 사건의 당사자 중 1명임이 확인되었다.

신전 안쪽의 객실로 일행을 안내한 뒤, 신관 1명이 진지하게 물었다.

"회의는 오후 미사가 끝난 뒤에 열릴 겁니다. 혹시 식사는 하셨습니까?"

신전에서 제공해 준 점심 식사는 꽤나 소박했다. 평범한 빵과 수프, 야채 절임 정도가 전부였다.

하지만 결코 투박하진 않았다.

빵을 베어 문 카르나크가 고개를 갸웃거렸다.

"어라, 별 기대 안 했는데 맛있네?"

생각보다 괜찮다 정도가 아니라, 어지간한 대도시 맛집보다 더 맛있는 것 같았다.

당연하다며 세라티가 고개를 끄덕였다.

데라트 시티에서 어둠사냥꾼으로 활동했던 그녀는 신전에서 대접받았던 경험도 제법 있었다.

"원래 신전 요리가 맛있어요."

여신의 성직자들에겐 요리 역시 수행의 일종으로 인정받고 있다.

일곱 여신께서 창조한 세계의 산물을 가장 지혜롭게 가공함으로써 여신의 은총을 찬미하는 행위인 것이다.

"실은 그냥 육체노동 할 일이 적다 보니 요리 연구에 신경 쓸 여유가 많아서인 것 같지만요."

레번이 신기해하며 전언을 날렸다.

[카르나크 님이야말로, 그렇게 오래 사셨으면서 신전 밥 한번 먹어 본 적 없습니까?]

[내 팔자에 신전에서 대접받을 일이 있었을 것 같냐?]

[아, 하긴.]

물론 카르나크도 여신의 신전 자체는 자주 들락거려 보았다.

심지어 이곳, 셀라스 대신전도 예전에 들어와 본 적이 있어 내부 구조가 꽤 익숙하다.

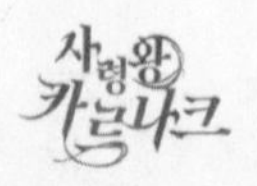

다만 목적이 지금과 달랐다.

도둑질을 위해 몰래 들어오거나, 붙잡혔다 탈출하거나, 언데드 군세 끌고 와서 점령하거나 등등이었지.

[정식으로 초대받아 들어온 건 이번이 처음이야. 좀 신기하네, 이거.]

그렇게 가벼운 점심 식사를 마치고 휴식 시간을 가졌다.

이윽고 오후 미사가 끝나고 기다리던 회의가 열렸다.

회의장은 대신전 건물 남쪽에 위치한 작은 홀이었다.

안내받은 대로 회의장에 앉아 기다리고 있으니 한 무리의 성직자들이 우르르 들어왔다.

총 7명으로, 수염을 근사하게 기른 노인과 6명의 중년 사내들이었다.

"어서 오시게. 셀라스에 온 걸 환영하네."

일행에게 인사를 건네며 노인이 인자한 미소를 지었다.

"알리움을 섬기는 미욱한 첫 번째 종, 갈라할이라고 하네."

여신의 첫 번째 종이라는 관용구가 의미하는 것은 하나뿐이다.

세라티와 레번의 안색이 굳었다.

생각보다 상대가 너무 거물이었다.

'알리움의 교황, 갈라할 1세?'

'세상에, 일곱 교황 중 1명을 실제로 만나게 될 줄이야.'

반면 카르나크와 바로스는 시큰둥했다.

[이 시절엔 저 양반이 교황이었나?]

[모르죠, 우리 땐 이미 딴 사람이 교황이었는데.]

[그럼 저 양반 다음이 세르지스인가?]

[세르지스 씨는 다다음 대일걸요. 중간에 딴 교황 하나가 끼어 있었던 것 같은데.]

[그래? 그 교황은 어떻게 됐는데?]

[제가 죽였을걸요. 이름은 기억 안 나지만.]

교황이라는 지위 정도로 위축되기엔 두 놈 다 그동안 저지른 짓이 너무 큰 것이다.

당장 제덱스만 해도 원래는 태양의 교황이었는데?

다른 사내들은 전부 각 신전의 대주교들이었다.

일곱 여신의 고위 신관들이 전부 모인 셈이었다.

카르나크 일행을 둘러보며 노인이 부드러운 목소리로 입을 열었다.

"그럼, 상황을 들려줄 수 있겠는가?"

카르나크를 시작으로 일행은 하르톨 시티에서 일어났던 일들을 차분히 설명했다.

당연히 중요한 부분은 쏙 빼고.

테카스 상단의 저택에 침입한 부분 등은 대충 얼버무리고 사교도와의 전투 쪽만 중점적으로 알려 주었다.

전투 부분은 사실 숨길 것도 별로 없었다.

실제로 사령술을 거의 쓰지 않았으니까.

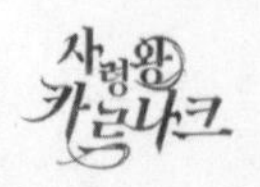

어른 라피셀이 가르침을 준 부분만 뺀 정도였다.
"어쩌다 보니 운이 좋았습니다."
빛의 거인이 약해지기에 운 좋게 마무리를 지을 수 있었다며 카르나크가 혀를 내둘렀다.
"여신의 가호가 없었더라면 저희도 어떻게 되었을지는……."
노인, 갈라할 1세가 신음을 흘렸다.
"역시 소문이 사실이었구려."
당사자들까지 저렇게 증언하는 걸로 봐서, 사령술사가 라티엘의 기적을 일으켰다는 점은 의심의 여지가 없을 듯하다.
"설마 진짜 여신의 권능일 리는 없겠지만……."
라티엘의 대주교, 그레토리우스도 고개를 끄덕였다.
"적어도 놈들이 겉보기에 흡사해 보이는 사악한 술법을 구사한다는 건 인정할 수밖에 없겠군요."
그래도 사건에 비해 다들 크게 경악하거나 하는 눈치는 아니었다.
사실 사령술사가 신성력을 선보이는 경우는 진작부터 대륙 곳곳에서 일어나고 있었던 것이다.
검은 신의 교단이 사령술과 마법, 오러의 힘을 같이 구사한다는 건 이제 여신교에서도 상식이 되었다. 그리고 신성력과 함께 사용하는 모습도 내내 자주 접했다.
그저 워낙 불경한 일이라 차마 입에 담지 못했을 뿐.
대주교들이 저마다 궁금한 점을 캐물었다.

"그자가 어떤 식으로 신성술을 썼지?"

"붉은 태양과 검은 태양의 차이는?"

"놈들이 빛과 어둠의 힘을 융합한 게 확실한가? 실은 번갈아 사용했던 것이 아니고?"

모든 질문에 카르나크는 차분히 대답해 주었다. 그 와중에 은근슬쩍 궁금하던 부분을 떠보기도 했다.

"그자는 빛의 거인이 된 상태에서도 해방의 빛을 썼습니다. 이거, 원래 가능한 겁니까?"

갈라할 1세가 수염을 어루만졌다.

"그건 우리도 당장은 알 수 없는 문제로군. 샘플이 있다면 혹시 모르겠지만."

"죄송하지만 아무 단서도 건지지 못했습니다. 도저히 그럴 여유가 없어서."

"아니, 자네들을 탓하는 건 아닐세. 이미 그대들 덕분에 이리도 많은 것들을 알게 되지 않았나?"

너털웃음을 흘리며 노인이 부드러운 미소를 지었다.

"협력에 감사하는 바이네. 알리움의 정의가 그대들에게 깃들기를."

회의가 길어진 탓에 어느덧 저녁이 되었다.

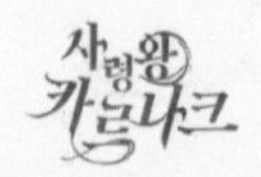

지금 셀라스 대신전을 출발해 드룬타로 돌아가기엔 시간이 너무 늦었다. 그래서 카르나크 일행도 신전에서 하루 묵기로 했다.

점심과는 다르게 성직자들도 저녁 식사는 꽤나 거창하게 드시는 듯했다.

귀족가처럼 엄청난 정찬까진 아니지만 상당히 좋은 술에 고기 요리까지 대접받았다.

얼마나 만족스러웠는지 카르나크도 이런 감상을 남길 정도였다.

"성직자들 검소한 거 맞아? 엄청 잘 먹고 사는데?"

그렇게 밥 잘 얻어먹고 좋은 침실에서 잠 푹 자고 다음 날이 되었다.

막 눈을 뜬 세라티가 의아해했다.

"어머?"

셀라스 대신전 전체가 웅성대고 있었다.

뭔가 난리가 나도 단단히 난 눈치다.

'무슨 일이지?'

이유는 금방 알 수 있었다.

한 무리의 신관들이 일행을 찾아오더니 사색이 된 표정으로 외친 것이다.

"봉인해 놓은 종말의 어둠이 모조리 사라져 버렸습니다!"

카르나크 일행이 묵고 있는 객실 앞 복도.

10여 명의 고위 심문관들이 병사들을 이끌고 일행을 포위하듯 에워싸고 있었다.

다들 하나같이 긴장이 역력한 얼굴.

하지만 딱히 일행에게 경계나 적의를 보이지는 않는다.

그저 난처해하는 반응들이었다.

"그러니까……."

심문관들을 돌아보며 카르나크가 황당한 듯 되물었다.

"신전에서 봉인 중이었던 종말의 어둠이 간밤에 사라져 버렸단 말씀이십니까?"

"예."

"침입자가 있었던 겁니까?"

"모르겠습니다. 다만, 외부 침입자일 가능성은 극히 희박하다고 여기고 있습니다."

셀라스 대신전이 관리 중인 종말의 어둠은 7왕국 전역의, 자그마치 수백에 달하는 사령술사들로부터 거두어들인 막대한 권능이다.

누군가가 사악한 의도로 이 힘을 빼돌린다면 실로 경천동지라는 수식어를 붙이기에 부족함이 없는 능력을 갖게 될 터.

그래서 신전은 봉인된 종말의 어둠을 지키기 위해 온갖 대책을 강구해 놓고 있었다.

"다양한 신성 결계가 신전 외부와 내부를 철저하게 분리하고 있습니다. 설령 대마법사나 무왕이라 할지라도 몰래 신전을 드나드는 것은 불가능하지요. 차라리 대놓고 결계를 부수면 모를까."

카르나크가 고개를 끄덕였다.

"내부자의 소행일 가능성이 높다는 것이군요."

"예."

대신전 내부는 어찌 되었건 다양한 이들이 움직이는 공간, 그래서 신전 외부처럼 철저하게 결계를 설치할 순 없다.

물론 어둠 봉인실 자체에도 충분히 강력한 결계가 걸려 있긴 하지만, 적어도 외부에서부터의 침입에 비하면 난이도가 확실히 낮았다.

"하지만 대신전의 모든 이들은 전원 신원이 확실합니다."

이제껏 이들이 떠든 말을 요약하면 본론은 간단하다.

지금 제일 수상한 건 바로 카르나크 일행이란 것.

하필 저들이 온 바로 그날, 내부자 소행으로 보이는 종말의 어둠 도난 사건이 일어난 것이다.

그럼에도 신관들은 함부로 일행을 핍박하지 못하고 있었다.

도둑으로 몰기엔 카르나크의 명성이 너무 높았던 것이다.

어둠사냥꾼 시절부터 무수한 사령술사와 사교도를 붙잡으며 꾸준히 실적을 쌓아 온, 유스틸 킹스 오더의 부단장.

사교도라면 눈에 불을 켜고 달려드는 성품 덕에, 7왕국 연합인을 무시하는 파사의 여단조차도 카르나크만큼은 친구로 인정하며 막역하게 대하고 있다고 한다.

심지어 지금은 하르톨 시티를 구한 일로 리파울 왕국에서도 영웅으로 불리고 있다.

단순히 상대가 거물이라 함부로 건들기 힘들다 정도가 아니었다.

여기 모인 심문관들의 경력을 전부 합쳐도 카르나크가 이룬 업적의 반도 안 된다. 그런 영웅을 의심하는 것이 어찌 쉬운 일일까?

게다가 카르나크 일행은 자신들의 의사로 셀라스 대신전에 온 것이 아니다. 어디까지나 신전 측의 초대를 받아 움직인 것이지.

자기들 용건 때문에 초대해 놓고 다음 날 도둑으로 몬다?

일의 중대성을 생각하면 응당 저리해야 하겠지만, 사람 심리란 게 그렇게 쉽게 움직이진 않는 법이다.

우물쭈물하는 심문관들을 향해 카르나크가 시원스레 고개를 끄덕였다.

"과연, 저희가 가장 유력한 용의자라 이거군요."

당황하며 심문관들이 손사래를 쳤다.

"아, 아닙니다."

"저희가 어찌 카르나크 경을……."

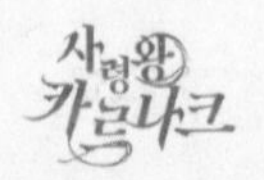

"그저 이것도 절차의 일종이다 보니……."

온화한 미소를 지으며 카르나크가 양팔을 펼쳤다.

"저희 일행을 조사하도록 하십시오."

지나치게 순순한 그 모습에 심문관들이 오히려 놀랐다.

"그래도 되겠습니까?"

"불필요한 의심을 받는 일일 텐데요?"

"말씀은 감사합니다만, 이런 경우일수록 더욱 철저하게 조사를 해야 합니다."

주위를 둘러보며 카르나크는 진지하게 말을 이었다.

"셀라스 대신전이 저희를 의심한다고는 생각지 않습니다. 하지만 저희부터 확실히 조사해야 다른 이들도 제대로 확인할 수 있지 않겠습니까?"

유스틸 킹스 오더의 부단장조차 이 정도로 철저하게 조사했다는 선례를 남기면, 다른 이들은 조사를 받으면서도 감히 토를 달지 못할 터.

"이럴 땐 오히려 서로 확실하게 하는 것이 앞으로의 일 처리에 좋습니다. 모든 일은 첫 단추를 제대로 끼워야 하는 법이지요."

심문관들의 표정이 밝아졌다.

명성은 헛되이 전해지지 않는다더니, 참으로 현명하고 배려 깊은 태도가 아닌가!

"이해해 주셔서 감사합니다."

다들 감명받은 얼굴로 조사를 시작했다.

"잠시 실례를 범하겠습니다. 부디 용서를."

일행 1명 1명을 차례로 신성술로 확인한다.

성력이 전신을 훑을 때마다 세라티와 레번은 흠칫 놀랐다.

사실 이들은 좀 걱정되는 면이 있는 것이다.

'이거 괜찮은 건가?'

'사령술사 권속인 거 걸리는 거 아니에요?'

표정 관리하라며 카르나크가 전언을 보냈다.

[권속 계약은 안 걸리니까 걱정 마.]

영혼 깊숙이 파고든 계약이라, 영혼 자체를 드러내기 전엔 들키지 않는다는 모양이다.

[이 비밀 전언은요?]

[이건 마법이잖아, 사령술이 아니라. 걸려도 아무 문제 없지.]

카르나크 말대로, 심문관들은 아무런 수상한 점을 발견하지 못했다.

그래서 이번엔 소지품을 철저히 조사했다.

각자의 짐을 늘어놓고 하나하나, 성력을 투입하며 주도면밀하게 확인한다.

배낭 속 옷가지? 평범 그 자체이니 문제없음.

각자의 무장? 역시나 어둠의 기운 따윈 느껴지지 않음.

검은 주사위 3개? 아무것도 감지되지 않는 장신구일 뿐.

말 그대로 철저하게 뒤졌다. 그리고 확신했다.

수상한 건 전혀 없었다.

이후 일행의 숙소 주위까지 모조리 검사하고 나서야 심문관들은 환한 미소를 지었다.

이 정도로 철저히 조사했으니 카르나크 일행에 대한 혐의는 완전히 사라졌다고 해도 무방하다.

게다가 남들에게도 이렇게 말할 자격이 생긴 것이다.

-저 '카르나크 님'조차 조사를 거부하지 않았소. 당신들이 그보다 더 사교도를 증오한다고 자부할 수 있는가?

물러나며 심문관들이 한 번 더 감사 인사를 건넸다.

"카르나크 님의 솔선수범에 감사드립니다."

"여신의 신민으로서 당연히 해야 할 일을 한 것뿐인데요."

태연하게 인사를 받는 카르나크였다.

"부디 범인을 찾기를 바라겠습니다."

심문관들이 떠나고 일행도 다시 숙소로 들어갔다.

침대에 걸터앉으며 라피셀이 걱정스러운 표정으로 물었다.

"범인이 누굴까요, 언니? 꼭 잡혀야 할 텐데."

"그러게 말이다."

대꾸하며 세라티는 벽 저편을 노려보았다.

[……카르나크 님 짓이죠?]

피식 웃으며 카르나크가 대꾸했다.

[내가 아니면 누구겠냐?]

다른 사람들도 전혀 놀란 표정이 아니었다.

종말의 어둠을 도둑맞았다는 소릴 들은 시점에서, 100퍼센트 이놈 짓이라고 확신은 하고 있었던 것이다.

그저 좀 신기할 따름이었다.

[대체 어떻게 저 엄중한 대신전의 경계를 뚫은 겁니까?]

레번의 질문에 답한 건 바로스였다.

[셀라스 대신전 구조는 우리도 잘 알고 있거든요.]

애초에 셀라스 대신전에 온 진짜 목적은 이쪽이었다.

말로카, 제덱스와 싸우며 카르나크는 역시공 초월체에 담긴 혼돈마력을 상당히 소모해 버렸다.

여기서 소모된 마력을 다시 채우려면 방법은 두 가지.

사람을 펑펑 죽여서 사령력을 끌어모으거나, 카르나크가 직접 제련한 혼돈마력으로 메우거나다.

그런데 잘 생각해 보니 세 번째 방법이 있었던 것이다.

테스라낙이 세상에 흩뿌린 무수한 종말의 어둠.

이 역시 역시공 초월체를 충전할 수 있는 훌륭한 마력이었다.

심지어 성직자들이 고생하며 정화 후 봉인까지 했으니 기운의 순도도 무지하게 높다!

[예전에 알아 뒀던 비밀 통로 쪽으로 기어들어 가서 결계 마비시키고 빼 왔지.]

세라티가 다시 물었다.

[그게 말처럼 쉬운 일이에요?]

[전생 때 셀라스 대신전에서 똑같은 결계로 봉인한 걸 깬 적이 있거든. 이미 한번 해 본 짓이라 그리 어렵지 않았어.]

[그래요? 그땐 뭘 봉인했었는데요?]

바로스가 손을 들었다.

[저요.]

[……네?]

정확히는 카르나크의 심복으로 세상을 어지럽히던 악마, 다크 나이트 바로스를 봉인하고 있었다고 한다.

[아직 내가 사령왕이라 불리기 전의 일이야.]

[그래서 저도 여기 지리는 꽤 잘 아는 편이죠. 갇혀 있던 곳이니까.]

두 놈 다 익숙한 상황이다 보니, 간밤에 몰래 나가서 슥삭 빼돌린 것이다.

일단 역시공 초월체에 넣어 버리면 외부로는 전혀 기운이 새어 나가지 않는다. 그야말로 완전범죄다.

덕분에 그동안 많이 써서 꽤나 고갈되었던 역시공 초월체의 마력은 전부 풀 차지 상태!

[어차피 여기 있어 봐야 아무짝에도 쓸모없잖아? 그럴 바엔 내가 가져다 쓰는 게 낫지.]

사람을 희생시키지도 않았다.

누군가에게 피해를 주지도 않았다.

셀라스 대신전이 저 종말의 어둠을 가져다 어디 써먹고 있었던 것도 아니다.

오히려 저 봉인을 유지하기 위해 상당한 자원을 투자해야 했다. 강력한 성직자들이 봉인 유지 때문에 매일 신성력을 퍼부어야 했으니까.

이제 저들이 세상 밖으로 나가게 되었으니, 오히려 검은 신의 교단과 싸울 때 더더욱 유리해지지 않겠는가?

[이렇게 하는 게 모두를 위한 거라니까!]

으스대는 카르나크를 보며 묘한 표정을 짓는 레번과 세라티였다.

[거참…….]

[결과만 보면 또 틀린 말은 아니긴 한데 말이죠.]

사건이 터진 뒤 셀라스 대신전은 모든 출입을 막고 내부인

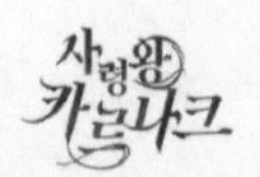

들을 철저하게 조사했다.

조금만 의심스러운 행동을 보여도 심문에 가까운 조사가 이어졌다.

물론 이미 조사 끝난 카르나크 일행은 열외였다.

내내 공짜 밥 든든하게 얻어먹고 신전 구경도 하면서 느긋하게 시간을 보냈다.

나흘째 되는 날.

결국 셀라스 대신전은 결론을 내렸다.

언제까지고 대신전을 봉문하고만 있을 수는 없다.

아무리 찾아봐도 사라진 종말의 어둠은 아주 작은 흔적조차 보이지 않았다. 이미 외부로 빠져나갔다고밖에는 설명할 수 없는 결과였다.

도둑맞은 종말의 어둠을 되찾기 위한 특수부대가 창설되었다. 여러 뛰어난 심문관들이 수색에 나서 신전을 떠났다.

봉문이 풀렸으니, 카르나크 일행 역시 셀라스 대신전을 떠났다.

관도를 따라 말을 몰며 세라티가 물었다.

"이제 드룬타로 돌아가는 건가요?"

카르나크는 고개를 저었다.

"아니."

드룬타에서의 볼일은 이미 다 마쳤다. 당분간 수도는 갈 필요가 없었다.

"영지로 돌아갈 거야."

"제스트라드 남작령요?"

"그래. 전에도 말했지만 슬슬 검은 신의 교단이 본격적으로 날 노릴 테니까."

말로카의 사례도 있듯, 검은 신의 교단이 카르나크를 끌어내는 제일 편한 방법은 제스트라드 남작령을 공격하는 것이다.

"그러니 나도 그에 대한 대비를 해야지."

이해했다며 라피셀이 고개를 끄덕였다.

"그렇군요. 영민들이 위험에 처할지도 모르니까요."

카르나크가 어색하게 눈을 깜빡였다.

"어, 뭐, 그렇지?"

실은 영민의 목숨은 아예 생각도 안 하고 있었다.

검은 신의 교단이 제스트라드 남작령을 카르나크의 약점으로 여긴다면, 그걸 역이용해 영지에 함정을 팔 수 있다.

사령결계 잔뜩 깔아 놓고 몰려오는 놈들 낚시하듯 잡아내거나 하는 식으로.

'그러게? 영민들 목숨도 신경을 써야겠는데?'

계획 일부를 수정하며 카르나크는 계속 말을 몰았다.

"그리고 너희들 오러양 늘리려면, 아무래도 번잡한 왕도보다는 우리 영지에서 차분히 수련하는 쪽이 좋지 않겠어?"

제덱스 덕분에 새로운 술식을 얻었다. 이걸 응용하면 단기간에 바로스나 세라티 등의 오러양을 급격히 늘릴 수 있을지도 모른다.

신기해하며 바로스가 물었다.

"정말 방법이 있긴 한 겁니까?"

"솔직히 말하면 아직은 몰라."

어깨를 으쓱이며 카르나크는 품속으로 손을 넣었다.

마력이 완전히 충전된 역시공 초월체 3개가 손끝에 만져진다.

"그래도 시도해 볼 만한 가치는 있거든."

카르나크 일행이 대륙 곳곳을 싸돌아다니는 사이, 어느덧 계절은 초여름이 되어 가고 있었다.

셀라스 대신전을 떠난 지 닷새째, 마침내 일행은 제스트라드 남작령에 도착했다.

말을 타고 길을 따라간다.

저 멀리, 푸른 보리가 자라나는 들판 여기저기에서 열심히 농사일 중인 영민들이 보인다.

"오? 영주님이시다."

"바로스 저 녀석도 돌아왔구먼."

"바로스 경이라고 해야지, 이 사람아. 이젠 기사님이시란 말이여."

"맞다, 참. 이거 적응이 안 되어서."

사교단에 의해 점령당했던 것치곤 꽤나 평화로워 보이는 모습이었다.

하긴, 말로카부터가 영민들에게 별 해코지를 하지 않긴 했으니 복구에 큰 어려움은 없었으리라.

제스트라드 저택 역시 평소의 모습 그대로였다.

노집사 타펠이 침착한 태도로 카르나크를 맞이했다.

"돌아오셨습니까, 영주님."

"잘들 지냈어요?"

오랜만에 돌아온 집이었다. 다들 휴식을 취하며 여독을 풀었다.

그리고 다음 날, 카르나크는 빠르게 영지 상황부터 파악했다.

"농사는 별문제 없군."

빠르게 돈을 풀어 가축을 보충한 덕에 파종 시기를 맞출 수 있었다. 덕분에 수확량에도 지장이 없어 보였다.

"구리 광산도 무난하게 돌아가고 있고."

제덱스의 부하 사령술사였던 워레인.

그를 심문한 덕에 전생 땐 존재하지도 않았던 구리 광산이 이 시대에 갑자기 생긴 이유는 어느 정도 풀렸다.

카르나크보다 몇 년 더 일찍 회귀한 제덱스는 테스라낙이 강림할 토대를 깔기 위해 대륙 곳곳에서 돈 될 사업들을 벌였다.

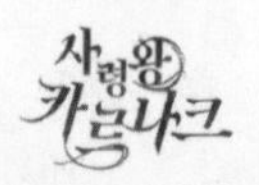

스트라우스 저택 인근의 던전과 제스트라드의 구리 광산 등도 그중 하나였다.

저쪽이 카르나크의 존재를 눈치채고 일부러 그의 영지에 수작을 벌인 건 아니었던 것이다.

'그냥 어쩌다 보니 생긴, 있을 수 있는 우연이었단 말이지.'

그래서 아직까지 구리 광산은 테카스 상단에 관리를 맡기는 중이었다.

그간 카르나크가 테카스 상단과 여러모로 마찰이 잦았던 건 사실이다.

하지만 이는 어디까지나 상단의 지부와 충돌이 있었던 것뿐이다.

7왕국 전체에 영향력을 미치는 테카스 대상단은 각 지역마다 여러 지부가 있고, 저마다 독립적으로 움직이는 구조.

알타스 상단을 노린 것도 어디까지나 테카스 드룬타 지부에 불과한 것이다.

지부장이 개인적으로 영향력을 키우려고 음모를 꾸민 것이지, 상단 전체가 해코지를 한 것은 아니었다.

드룬타 지부장은 이미 사교도임이 들통나 처벌을 받았다.

저 사건만으로 테카스 상단 전체를 적대할 이유는 없었다.

제스트라드의 구리 광산은 테카스 데라트 지부가 관리하고 있으니 카르나크와 척질 일이 없다.

당연히 계약대로 이행해야지.

'옆에 계속 둬야 뭔가 파악하기도 쉽고 말이야.'

그렇다고 광산의 모든 권리를 테카스에만 맡기지는 않았다.

어쨌거나 테카스 상단과 검은 신의 교단은 상당한 유착 관계가 의심되니까.

자칫 일이 꼬이면 자금 문제에서 발목을 잡힐 수도 있는 것이다.

그래서 구리 채굴 및 정제는 여전히 테카스의 몫으로 남기되, 광산의 보호 및 주괴 운송 부분은 알타스 상회에 넘겼다.

살짝 계약 위반이긴 하지만, 드룬타 지부가 사고 친 일이 있어 테카스 상단도 별말은 하지 못했다.

이를 위해 알타스 상회가 수송단을 조직하고 모험가를 고용해 영지 곳곳을 지키고 있으니, 제스트라드의 기사와 병사까지 포함하면 영지의 전력이 거의 2배가량 증가되었다 볼 수 있었다.

이 부분에서 바로스가 좀 신기해했다.

"모험가들을 고용했어요? 그 양반들이 용케 이 북쪽 오지까지 왔네요."

아무리 돈을 많이 줘도, 제스트라드 영지는 너무 깡촌이라 모험가들이 장기적으로 머무르고 싶어 하진 않는 것이다.

그러자 카르나크가 히죽 웃었다.

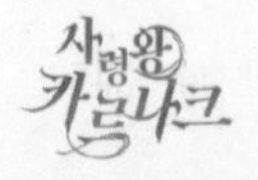

"올 이유가 있으니까 그렇지."

"그게 뭔데요?"

"황혼교."

"아……."

겉으로는 모험가들이지만 실은 황혼교의 전사들 중 일부를 영지에 머무르게 만든 것이었다.

"이러면 4대 총독과 연락하기도 쉬워지지."

계속 서류를 확인하며 카르나크가 고개를 끄덕였다.

"좋아, 영지 인구도 제법 늘었네."

대륙 곳곳에서 어둠 관련 사건이 빈번한 시대였다.

살고 있던 고향을 사교도와 사령술사에 의해 잃은 자들이 제스트라드 남작령까지 흘러들어 온 것이다.

카르나크에 의해 이미 허락을 받았기에, 남작령도 이들을 영민으로 받아들였다고 한다.

'이미 허락을 받았다고?'

세라티가 고개를 갸웃거렸다.

카르나크 곁을 떠나 본 적이 거의 없는 그녀였다. 당연하지만 저런 사람들은 본 적이 없다.

"저기요, 이 영민들도 혹시?"

"응, 황혼교."

이곳 제스트라드 영지가 사실은 황혼교의 숨은 본산이었던 것이다!

세라티가 걱정의 빛을 내비쳤다.

"꼬리가 길면 밟히는 거 아니에요?"

"칼라프가 알아서 하겠지. 그 친구, 원래 이런 거 잘해."

상황 파악이 끝나자 다음 단계로 넘어갔다.

영지 곳곳에 사령결계를 몰래 깔아 침략에 대비하고, 요충지에 혼돈마력 술식을 새겨 경계 태세도 철저히 한다.

그렇게 영지 관리 업무가 끝나자 카르나크는 본래 목적으로 눈을 돌렸다.

"자, 너희들 오러 좀 올리자, 오러."

제스트라드 저택의 비밀 연무장.

라피셀을 뺀 카르나크 일행이 모두 이곳에 모였다.

바로스와 세라티, 레번을 바라보며 카르나크가 입을 열었다.

"지금 너희들에게 모자란 건 결국 오러양뿐이잖아? 나머지는 경험이나 재능으로 얼추 다 해결이 되니까."

바로스는 고개를 끄덕였고, 레번은 애매하다는 표정을 지었으며, 세라티는 '이놈이 지금 나 약 올리나?'라는 시선을 보냈다.

하지만 딱히 반박을 하진 않았다. 그보다 더 궁금한 부분

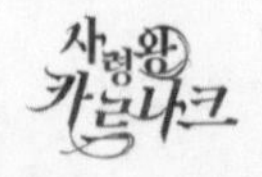

이 있었다.

세라티가 그 점을 짚었다.

"오러는 개인의 생명기잖아요. 그걸 어떻게 외부에서 줄 수 있다는 거예요?"

"그게, 생각해 보니까 되겠더라고."

사실 외부에서 투기를 부여하는 기술은 이미 존재한다.

블랙 서번트와 다크 나이트, 데스 나이트가 사용하는 사령술의 암흑투기가 바로 그것이다.

실제로 전생 때의 바로스는 사령왕 카르나크가 부여해 준 막대한 양의 암흑투기를 바탕으로 4대 무왕들을 상대하곤 했다.

"물론 암흑투기를 부여하겠다는 소린 아냐. 나도 이제 와서 그러고 싶은 마음은 없고."

그런데 제덱스를 심문하며 이런저런 술식을 확보하는 과정에서 깨달은 사실이 있었다.

"암흑투기가 뭐야? 사령력을 일종의 사악한 어둠의 오러로 바꿔서 부여하는 술법이지?"

"그렇죠."

"그럼 혼돈마력은? 사령력을 최대한 정화해서 일반적인 마나와 구별이 되지 않는 제3의 기운으로 바꾼 거잖아."

바로스와 세라티, 레번의 안색이 살짝 변했다.

"어?"

"그렇다는 건……."

슬슬 이들도 카르나크가 무슨 말을 하고 싶어 하는지 알아들은 것이다.

사령력에서 출발한 혼돈마력은 진짜 마력이랑 별 차이가 없다.

그렇다면, 사령력을 암흑투기로 바꾸듯이 혼돈마력을 투기로 바꾸면 그건 진짜 오러와 별 차이가 없지 않을까?

"이론상이긴 하지만 술식은 만들어 놨어."

그리고 셀라스 대신전에 들러 혼돈마력도 빵빵하게 채워 왔다.

"아마도 혼돈투기? 이걸 이렇게 불러도 되나? 하여튼 이걸 너희들에게 부여해 줄 순 있을 거다."

다만 여전히 문제는 있었다.

레번이 그 점을 짚었다.

"그 혼돈투기 역시 결국 외부의 기운이긴 마찬가지잖습니까? 그걸 어떻게 자신만의 오러로 바꿉니까?"

"그건 나도 모르지."

"네?"

"내가 오러 유저냐? 너희들이 오러 유저지."

카르나크는 어디까지나 사령술사 겸 마법사일 뿐이다.

"퍼 주는 것까진 내가 할 수 있어. 하지만 받아먹는 건 너희들이 알아서 해야지."

"그리 어렵진 않겠죠."

바로스가 어깨를 으쓱였다.

"애초에 전 지금의 오러를 익힌 방식부터가 외부의 기운을 제 걸로 바꾸는 방식이었으니까요."

역시공 초월체로부터 방대한 마력이 흘러나온다. 복잡하게 그려진 마법진이 빛을 발한다.

"후우우……."

깊게 숨을 들이마신 뒤 바로스는 원진 안쪽으로 발을 내디뎠다.

회색빛 기운이 그를 감싸기 시작했다.

문양이 요동치며 눈부신 빛이 춤을 추며 퍼져 나간다. 강렬한 힘이 사지에 스며든다. 보이지 않는 권능이 한계를 초월해 전신 가득 차오른다.

잠시 후, 빛의 요동이 가라앉았다.

눈을 감은 바로스를 향해 카르나크가 물었다.

"어때?"

바로스가 눈을 떴다.

"성공입니다. 암흑투기를 받을 때와 비슷한 느낌이네요."

그리고 양손을 들어 까닥거리며 말을 이었다.

"부작용도 없는 듯하고요."

옆에서 지켜보던 세라티와 레번도 입을 열었다.

"확실히 어둠의 기운은 느껴지지 않아요."

"그냥 평범한 오러 같았습니다."

"좋아."

결과에 만족한 카르나크가 마저 손짓을 했다.

세라티와 레번 역시 차례로 마법진 안으로 들어섰다.

그렇게 세 사람은 카르나크로부터 혼돈투기를 부여받았다.

다만 라피셀은 일부러 대상에서 뺐다.

"걔가 너무 세지면 내가 곤란하잖아."

시프라스의 무왕이 언제 깨어나 카르나크의 목을 노릴지 모르는데, 힘을 더 주기엔 역시 께름칙한 부분이 있는 것이다.

바로스가 혀를 찼다.

"우와, 치사한 어른."

"야, 내 목 잘리면 다음 차례는 너야. 뭘 딴 사람 이야기인 것처럼 굴고 그래?"

"그건 그렇구만요."

어쨌든, 카르나크의 술법 자체는 아무 문제 없었다.

다들 지닌 오러양의 배가 넘는 막대한 투기를 몸에 쌓을 수 있었다.

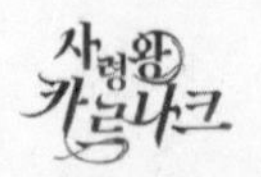

레번과 세라티가 흥분하며 말했다.

"기분만으론 벌써 한 등급 오른 것 같은데요."

"저도요."

다만 아직 그 힘을 다룰 수는 없었다. 그냥 체내에 쌓여 있을 뿐이었다.

"뭐야, 바로스? 투기 전환 그리 어렵지 않다며?"

"그럴 줄 알았는데, 제 방식이랑도 뭔가 좀 다른 것 같네요?"

"잘들 해 봐. 내가 해 줄 수 있는 건 여기까지니까."

이걸 본연의 기운으로 바꾸는 건 오롯이 저들의 몫이다.

고민하는 바로스와 세라티, 레번을 보며 카르나크가 한마디를 덧붙였다.

"그래도 너무 오래 걸리진 말고. 언제 엘레자르나 드렐타인이 들이닥칠지 모르니까."

확실히 이들이 여유를 부릴 팔자는 아니다.

레번이 한숨을 쉬었다.

"그나마 다행인 건, 저쪽도 아직 새로운 역시공 초월체를 손에 넣진 못했다는 걸까요?"

세 번째 역시공 초월체의 존재 때문에, 테스라낙이 차후에 추가 대책을 세웠을지도 모른다는 가설이 제기되었다.

하지만 적어도 현시점에서 검은 신의 교단이 네 번째나 다섯 번째 역시공 초월체를 손에 넣진 않았을 것이다.

3성인 중 1명인 제덱스가 그 존재를 모르고 있었으니까.

문득 세라티가 고개를 갸웃거렸다.

"그러고 보니 궁금해서 그러는 건데요, 카르나크 님."

"뭐가?"

"현세에 육체만 존재하고 영혼이 없으면, 역시공 초월체 없이도 시공 회귀가 되는 거죠?"

"제덱스 말에 의하면, 그렇지."

"그럼 이런 식으로 하면 어떻게 되나요?"

예를 들어 미래에서 대마법사 기옌 렌을 시공 회귀시키려고 한다 치자.

역시공 초월체 없이 그냥 보내 버리면 여신의 가호에 걸린다.

그러니, 현세의 엘레자르와 드렐타인이 현세의 기옌 렌을 죽이고 영혼을 소멸시킨 뒤 육체를 언데드로 만들어 보관한다. 그 후에 미래의 기옌 렌을 시공 회귀시키면?

"이렇게 하면 아크 리치들과 똑같은 조건 아닐까요?"

카르나크와 바로스가 감탄을 터트렸다.

"오!"

"그럴듯한 아이디어인데요?"

"그러게. 나도 거기까진 차마 생각 못 했는데."

"세라티 경, 의외로 사령술사의 자질이 있는 걸지도요?"

세라티의 고운 얼굴이 구겨졌다.

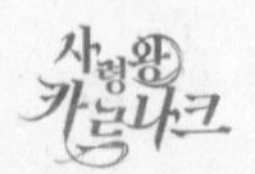

'나, 너무 물든 건가?'

잠시 고민하던 카르나크가 고개를 저었다.

"음, 아냐. 역시 그건 안 돼."

역시공 초월체 없이 시공 회귀를 시도하면 회귀 시간대에 어느 정도 오차가 생긴다.

하지만 아무리 시간대에 오차가 생겨도 끽해야 10~20년 수준이다. 수십 년 넘게 차이가 나진 않는다.

"아크 리치들은 현시점에서 최소 100년 이상 옛날 사람들이거든."

당장 뎀피스만 해도 궁정 마법사 달라스이던 시절이 자그마치 150년 전이다.

미래의 뎀피스가 살아 있는 달라스의 몸에 들어가거나 할 걱정은 애초에 없었다는 소리다.

"반면 기엔 렌은 아직 살아 있지?"

그런 기엔 렌을 죽였다 치자. 그리고 미래의 기엔을 보냈다 치자.

"운이 따라 줘서 죽인 시점보다 미래로 회귀하면 안 들키겠지. 하지만 재수가 없어 저 시점보다 과거로 회귀하면? 딱 걸리는 거야."

"아, 그렇겠네요."

카르나크도 조금 생각한 것만으로 깨달을 수 있는 문제였다. 테스라낙이 이런 기본적인 실수를 할 리는 없다.

"그리고 저쪽이 아직 새로운 역시공 초월체를 손에 넣진 않았다는 보장도 사실은 없지."

검은 신의 교단이 그간 보여 준 일관적인 모습이 있다면, 서로 간의 소통이 굉장히 더디다는 점이다.

"제덱스가 모르는 사이 엘레자르나 드렐타인이 확보했을 수도 있으니까."

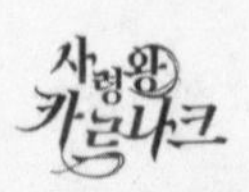

어른은 치사하다, 여러모로

라케아니아 제국 남부, 위츠픽 산맥.

이곳엔 몇 달 전부터 기괴한 이야기가 퍼져 있었다.

전설 속의 목 없는 기사가 등장해, 지나가는 이들을 습격한다는 소문이었다.

처음엔 단순한 헛소문일 뿐이라 여겼는데 점점 피해자가 많아져, 지금은 파사의 여단이 직접 나서야 할지도 모른다는 이야기가 나돌 정도였다.

그 위츠픽의 산기슭을 한 여인이 느긋하게 거닐고 있었다.

풍성한 금발에 갈색 피부를 지닌 미인이었다.

자욱한 안개 속을 유유히 걸어간다. 갑자기 사방에서 괴상한 소리와 함께 검은 그림자들이 나타난다.

"우리 집에 왜 왔니! 왜 왔니! 왜 왔니!"

"목 따러 왔단다! 왔단다! 왔단다!"

참으로 섬뜩한 분위기에, 참으로 섬뜩하지 못한 대사였다.

"이건 뭐, 웃으라는 것도 아니고……."

어이없어하며 여인이 손사래를 쳤다.

간단한 손동작에 광풍이 불고 천지가 요동쳤다. 주위의 모든 것이 싹 쓸려 나갔다.

그렇게 좀 더 걸어가니 이번엔 온갖 마물이 뒤섞인 듯한 기괴한 생명체가 나타나 헛소리를 늘어놓는다.

"빨간 단두대 줄까, 파란 단두대 줄까!"

역시나 대충 손짓하는 것만으로 생명체는 공중분해 되었다.

여인이 혀를 찼다.

"이건 대체 뭐지?"

지옥이라기엔 이상하게 꼬여 있고, 현세라기엔 앞뒤가 맞지 않으며, 사령술이라기엔 너무 중구난방이다.

그 후로도 한동안 비슷한 상황이 이어졌다.

그렇게 얼마나 더 움직였을까?

마침내 그녀가 찾던 대상이 모습을 드러냈다.

칠흑 같은 갑주와 망토를 걸친 거구의 기사였다.

목 위쪽은 비어 있어 머리가 없고, 대신 오른손에 든 투구에서 목소리가 흘러나오고 있었다.

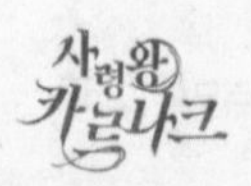

그야말로 전설 속의 목 없는 기사, 그 자체.

다만 대사만큼은 여전히 많이 이상하다.

"목 하나 주면 안 잡아먹지!"

"그러니까, 대체 왜 저런 괴상한 소릴 하는 거냐고?"

한숨을 쉬며 여인이 손가락을 튀겼다.

펑!

일격에 목 없는 기사가 산산이 박살 나 사방으로 흩어졌다.

이 일대를 공포에 몰아넣은 목 없는 기사였지만 그녀의 손가락 하나조차 감당하지 못한다.

대마법사, 엘레자르 데 리플라시온의 막대한 권능에 비하면 저런 미물의 능력 따윈 하찮기 그지없는 것이다.

박살 난 목 없는 기사는 이내 검은 먼지가 되어 사라졌다.

엘레자르가 먼지 사이로 손가락을 까닥거렸다. 뭔가가 날아와 그녀의 손아귀에 잡혔다.

표면의 어둠이 물결처럼 흐르는 칠흑의 정육면체.

"틀림없군."

역시공 초월체였다.

아직 마력이 별로 차 있지 않아 이것만으로는 미래의 동료들을 부를 수 없다. 하지만 충분히 어둠을 채우면 제 역할을 할 수 있으리라.

"과연 테스라낙 님의 말씀대로이긴 한데……."

중얼거리던 엘레자르가 의아해하는 표정을 지었다.

"……이게 왜 여기 있는 거지?"

테스라낙은 아무것도 알려 주지 않았다.

그저 수거하라는 명령만 내렸을 뿐.

도무지 이해가 가지 않아 고개를 저을 때였다.

갑자기 그녀의 귀걸이가 희미하게 반짝였다. 마법에 의한 원거리 통신 신호였다.

"엘레자르 님."

귀걸이를 매만지며 엘레자르가 대꾸했다.

"무슨 일이냐?"

"제덱스 님이……."

이어진 이야기를 듣던 그녀의 안색이 딱딱하게 굳었다.

"뭣이?"

제스트라드 영지에 도착한 지 사흘째.

라피셀은 오늘도 저택의 외부 연무장에서 열심히 검술 수행 중이었다.

"에잇! 헙! 얍!"

붉은 투기검이 아름다운 호선을 허공 가득 그린다.

모든 광선이 예술적으로 펼쳐져 마치 심미안적인 만족만을 추구하는 것처럼 보이지만, 검술에 대한 조예가 조금이라

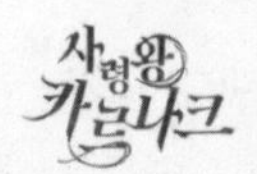

도 있는 이라면 감탄과 공포를 동시에 느낄 것이다.

모든 선이 교차하는 곳마다 죽음의 꽃이 피어오르고 있었다.

얼마나 검을 휘둘렀을까?

잠시 검을 멈춘 뒤 잿빛 머리 소녀, 라피셀은 호흡을 골랐다.

"하아아……."

오러를 각성했다 하여 수행이 끝난 것은 아니다.

오히려 이제야 진정한 시작점에 도달했을 뿐.

그러니 하루하루 정진하며, 나 자신에게 부끄럼 없는 수행을 이어 갈 뿐이다!

"……라고 언니가 말씀하셨지."

물론 세라티는 자신도 그냥 어디서 주워들은 소리일 뿐이라며 손사래를 쳤지만, 그것이 겸손에 불과하다는 것을 라피셀은 잘 알고 있었다.

실제로 오늘도 비밀 연무장에 처박힌 채 새로운 경지에 대해 연구 중이지 않은가?

'그러고 보니 바로스 오빠랑 레번 오빠도 요새 바쁘시던데…….'

3명 모두 하루 종일 저택 비밀 연무장을 떠나질 않았다. 식사 시간과 자는 시간에만 외부로 나올 뿐이었다.

'다들 컨디션도 좀 이상해 보이고.'

식사 시간 때 본 바로스며 세라티, 레번의 상태가 꽤나 묘했다.

딱히 체력이나 오러에 변화가 보이진 않지만, 평소와 다르다는 건 확실하다.

'그런데, 뭐가 다른 건지 모르겠단 말이야.'

제스트라드 저택 안쪽의 비밀 연무장.

오늘도 바로스와 세라티, 레번은 연무장 한쪽에 자리를 잡고 낑낑대고 있었다.

허공에 검을 겨누며 바로스가 투기를 끌어 올렸다.

"헙!"

푸른 오러가 칼날에 맺혀 요동친다.

하지만 이는 오직 바로스의 순수한 투기일 뿐이었다.

정작 체내 한쪽에 박혀 있는 외부의 오러, 혼돈투기는 미동도 하지 않았다.

다른 쪽에서는 세라티가 검술을 펼치고 있었다.

"타앗!"

연달아 투기검을 휘두르며 오러의 흐름에 집중한다. 그리고 그 흐름에 따라 혼돈투기를 실어 보내기 위해 정신을 집중한다.

레번은 아예 가부좌를 튼 채 명상 중이었다.
"……."
스스로의 심상 속으로 침잠해 혼돈투기와 자신의 연결점을 찾고 또 찾아간다.
정적으로, 동적으로, 혹은 지극히 내적으로.
다들 다양한 방법을 통해 혼돈투기를 자신의 것으로 만들 방법을 꾸준히 찾고 있었다.
하지만 결과는 영 신통치 않았다.
"됩니까, 세라티 경?"
"아니요. 바로스 경은?"
"안 되네요……."
한숨을 쉰 두 사람이 명상 중인 레번을 빤히 바라보았다.
시선을 눈치챈 레번이 눈을 뜨고 씁쓸한 표정을 지었다.
"저도 전혀……."
셋은 어깨를 축 늘어뜨렸다.
카르나크에게 혼돈투기를 받은 것까진 좋았다. 그런데 이걸 스스로의 오러와 합일시키는 방법을 도저히 찾을 수가 없는 것이다.
혼돈투기 자체가 전례가 없던 일이다 보니, 선인이 남긴 기록 같은 것에서 힌트를 얻을 수도 없었다.
문득 세라티가 레번을 향해 물었다.
"뭔가 번득이는 깨달음 같은 것 없어요?"

"……왜 제가 그런 걸 깨달을 거라 생각하시는 겁니까?"

"미래에 무왕이 될 천재 중의 천재이니 그 정도는 할 수 있을 것 같아서……."

레번이 표정을 구겼다.

"아니, 그 무왕 레번이란 놈은 제 몸 빼앗으려고 한 악질 아닙니까? 왜 그거랑 절 비교하세요?"

"그, 그런 의미로 한 말은 아니고요."

바로스가 검을 내려다보며 재차 한숨을 내쉬었다.

"진짜 모르겠네. 이건 또 어떻게 하는 거지?"

레번이 물었다.

"바로스 경은 암흑투기를 어떻게 자신의 오러로 만들었습니까?"

"그걸 지금 시도하고 있는데 잘 안되는 겁니다."

"아뇨, 그게 아니라 데스 나이트 시절에 말입니다."

기존의 암흑투기 부여 방법을 응용하면 되지 않겠냐는 질문이었는데, 바로스가 혀를 찼다.

"그건 전혀 도움이 안 됩니다."

"왜요?"

"그동안 다크 나이트나 블랙 서번트 봤잖아요? 그 작자들이 스스로 암흑투기를 소화해 자신의 것으로 만들었을 것 같아요?"

데스 나이트 시절의 바로스는 정말로 한 게 없었다.

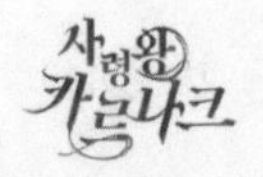

카르나크가 펴 주고, 떠먹여 주고, 심지어 소화까지 대신 시켜 줬거든.

암흑투기를 받은 시점에서 이미 완성 단계였다는 소리다.

"전 그냥 휘두르기만 하면 그만이었죠."

바로스를 바라보던 세라티와 레번의 표정이 묘하게 바뀌었다.

저래 놓고 세계 최강의 검사라 자처했단 말인가?

뭐, 바로스보다 센 양반들이 다 죽었으니 거짓말은 아니긴 하지만.

"그래서 내가 누누이 말했잖습니까? 내가 잘난 게 아니라, 잘난 도련님 옆에 붙어 있어서 여기까지 올라왔다고."

어쨌든 이대로는 곤란하다.

이 혼돈투기는 내내 체내에만 머무르고 있지는 않은 것이다.

이대로 자신의 것으로 만들지 못하면 시간이 지날수록 다시 외부로 방출되어 흩어지게 된다.

"이 아까운 기운을 이대로 그냥 배출하기는 너무 억울하죠?"

결국 바로스는 다시 카르나크를 찾았다.

그는 자신의 집무실에서 따로 마법 수련 중이었다.

"도련님."

"응? 왜?"

"라피셀에게도 혼돈투기 부여합시다."

카르나크가 인상을 썼다.

"괜찮겠냐? 라피셀 기억 돌아오면 내 목만 잘리는 거 아니다?"

"오러 경지 높아진다고, 그녀의 기억이 돌아올 확률까지 높아지는 건 아니잖아요?"

"그건 그렇지."

단지 기억이 돌아왔을 때, 시프라스의 무왕도 더욱 예전의 기량에 가까워질 뿐이다.

"그럼 조심해야 할 건 기억이지 힘은 아닙니다. 사실 라피셀도 실력이 높아지는 쪽이 우리에겐 유리하잖아요."

"그것도 그렇지만……."

여전히 께름칙해하는 카르나크를 향해 바로스가 단도직입적으로 말했다.

"솔직히 말해서, 제 능력으론 여기서 어떻게 혼돈투기를 자신의 오러와 합일시키는 건지 모르겠습니다."

바로스의 재능은 따지고 보면 세라티와 비슷한 수준이었다.

못난 건 절대 아니나, 그렇다고 남들이 치를 떨 정도로 잘

나지도 않았다.

뛰어난 재능을 지닌 것은 사실이지만 라피셀이나 레번처럼 천재 중의 천재는 아닌 것이다.

"그럼 레번은?"

"레번 경은 아직 경험도 너무 적고, 무엇보다 그의 천재성은 이쪽이 아니죠. 도련님도 아시잖아요?"

"하긴."

레번의 재능은 기존의 것을 보다 뛰어나게 발전시키는 쪽이었다.

없는 걸 창조하는 쪽은 역시 라피셀이 월등하다.

"실제로 라피셀은 이미 비슷한 짓을 했잖습니까?"

마검에 지배당하던 당시, 그녀는 암흑투기를 완벽하게 자신의 오러로 바꿔 다루는 새로운 수법을 터득했다.

기억도 엉망이고 영혼은 너덜너덜한 상태였는데도 오직 타고난 감각만으로.

"그녀 덕분에 저도 자신만의 오러를 각성하는 수법을 터득할 수 있었죠."

그러니 이번에도 라피셀이라면 충분히 방법을 찾을 수 있을 것이란 게 바로스의 견해였다.

이야기를 듣던 카르나크가 의아해했다.

"잠깐, 그게 그 소리 아냐?"

당시 라피셀은 자신의 것이 아닌 투기를 스스로의 것으로 바꿀 수 있었다.

그리고 바로스는 그 방법을 배워 오러를 각성했다?

"그럼 지금도 그냥 그 방법대로 하면 되잖아?"

"좀 달라요, 이게."

라피셀의 방식은 외부의 기운을 자신의 오러로 만드는 것.

당시 바로스의 체내에는 제어 가능한 다른 오러가 존재하지 않았다.

그런데 지금은 혼돈투기 외에도 원래 지닌 오러가 있다.

저 방식대로 외부의 기운을 흡수하려 하니 기존의 오러와 충돌하는 것이다. 그래서 흡수되다 말고 도로 튕겨 나간다.

"저 충돌을 방지하는 법을 모르겠어요."

"그래도 비슷한 거 아냐? 대충 응용하면 될 것 같은데."

"그러니까 그 응용하는 방법을 못 찾겠다고요."

비슷한 것과 똑같은 것의 차이는 생각보다 크다.

"제가 도련님보고, 어차피 시체 되살리는 건 마찬가지니까 대충 응용해서 좀비 일으키는 식으로 구울 일으키라고 하면 어떤 기분이겠어요?"

"사령술에 대해 하나도 모르는 놈이 말 함부로 한다고 화내겠지. 그래, 이해했다."

결국 카르나크도 라피셀에게 혼돈투기를 부여하는 데 찬성했다.

혼돈투기 자체엔 어둠의 기운이 전혀 없으니 그녀도 이상

함을 느끼진 않으리라.

"어쨌건 동료가 세져서 나쁠 건 없겠지?"

어둠으로 가득한 아공간 속에 인간의 형체가 나타난다.

숫자는 총 셋.

베일을 뒤집어쓴 사내 둘과 여인 1명이었다.

사내 중 1명, 크레타스의 무왕 드렐타인 텔릭스가 주위를 둘러보며 말했다.

"다들 모였군."

고개를 끄덕이며 여인, 대마법사 엘레자르가 입을 열었다.

"제덱스 공의 소식을 들었어요."

검은 신의 교단 3성인 중 하나, 타락한 태양 제덱스 티엘란드가 리파울 왕국에서 소멸을 당했다.

그것도 방심이 아니라, 마지막 기적까지 구사하고도 당해버린 완패였다.

"정말 그 카르나크라는 자가 그 정도의 힘을 지니고 있다는 건가요? 물론 말로카가 당했다는 건 알고 있었지만……."

말하다 말고 엘레자르가 말문을 흐렸다.

이다음은 어째 좀 너무한 것 같아서 차마 입 밖으로 내기 힘들었다.

하지만, 드렐타인과 레번은 그녀가 무슨 소릴 하고 싶어 하는지 짐작했다.

'그냥 말로카라서 당한 것이라고만 생각했는데.'

에밀의 신체에 깃들인 미래의 레번이 고개를 끄덕였다.

"이번만큼은 확실합니다. 의심의 여지가 없지요."

증인이 많아도 너무 많았다.

하르톨 시티의 수많은 시민들에, 무수한 여신의 성직자도 그 광경을 보았다. 심지어 검은 신의 교도들도 증인 중 하나였다.

확실하다.

제덱스 티엘란드는 현세에서 사라졌다.

"이제 어찌해야 하겠습니까?"

드렐타인과 엘레자르를 번갈아 보며 미래의 레번이 단언했다.

"우리가 직접 그자를 처리해야 한다고 생각합니다만."

물론 이들이 전부 나설 필요는 사실 없다.

드렐타인 혼자서 카르나크 일당을 상대해도 패배할 확률은 고작해야 1퍼센트 남짓에 불과할 테니까.

비록 같은 3성인이라고 불리지만 제덱스와 드렐타인, 엘레자르 사이엔 꽤나 큰 격차가 있다. 특히나 회귀한 후 그 격차는 더더욱 벌어졌다.

엘레자르는 회귀한 시점에서 이미 대마법사, 드렐타인도

무왕의 힘을 되찾았지만, 제덱스는 아직도 교황의 권능을 완전히 수복하지 못한 상태.

제덱스가 패했다 하여 이들이 겁을 집어먹을 이유는 없는 것이다.

"하지만, 전부 나서지 않을 이유도 딱히 없지 않습니까?"

제국 내 교단의 상황은 어느 정도 안정화되었다.

적어도 드렐타인이나 엘레자르가 고작 며칠 자리를 비우지도 못할 정도는 아닌 것이다.

비밀리에 연합으로 건너가, 비밀리에 처리해 버리고 돌아와도 된다.

미래 레번이 혀를 찼다.

"예감이 좋지 않아요."

드렐타인 혼자서 싸워도 패배할 확률은 고작 1퍼센트라 했던가?

하지만 엘레자르와 드렐타인, 레번 스트라우스가 함께 덤비면 그 1퍼센트의 확률조차도 사라진다.

"이번 기회에 확실하게 처리하는 게 좋다고 봅니다만."

레번의 의견에 엘레자르와 드렐타인이 고소를 머금었다.

"우리라고 그 생각을 하지 않았을 것 같나요?"

"나 역시 그자를 직접 처리할 생각을 하고 있었다네."

역시공 초월체 때문이었다.

이는 테스라낙의 계획을 이행하기 위한 가장 중요한 물건이다.

그런데 저걸 지니고 있는 뎀피스와 말로카가 사라졌고, 추가로 제조해야 할 칼라프와 티라파트의 유골도 잃어버렸다.

처음에는 이게 대체 어찌 된 일인가 혼란스러웠는데 시간이 지나며 조금씩 전말이 보였다.

황혼교라는 이름으로, 정체불명의 아크 리치들이 자꾸 모습을 드러내고 있었으니까.

저 새로운 사이비 교단의 정체에 대해 아는 것은 거의 없다. 하지만 몇몇 짐작이 가는 부분은 있다.

카르나크가 뎀피스와 조우한 뒤 그가 사라졌다.

카르나크가 말로카와 싸운 뒤 그녀도 사라졌다.

심지어 칼라프와 티라파트의 유골을 안치한 총독 보관소를 턴 것도 저놈이다!

그런데 이제 와서 4대 총독이 죄다 황혼교의 이름을 걸고 나타나?

이러고도 황혼교 뒤에 누가 있는지 짐작 못 하면 바보가 아닐까?

"당연히 그자를 찾아볼 생각이었지."

"뎀피스와 말로카의 역시공 초월체도 되찾아야 하니까요."

그런데 테스라낙의 신탁이 내려왔다.

드렐타인과 엘레자르는 결코 제국을 떠나선 안 된다는 엄명이었다.

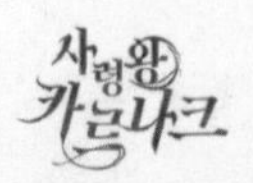

"테스라낙께서 그런 말씀을 하셨단 말입니까? 대체 왜?"

당황한 레번의 질문에 드렐타인이 헛웃음을 흘렸다.

"우리 역시 그 이유에 대해 물었지. 많은 피를 흘려 제단을 꾸리고 테스라낙께 기도를 올렸다오."

하나 결과는 실망스러웠다.

"운명이 운명대로 흘러가게 하기 위해서……라고 하시더군."

너무나 모호해 도저히 뜻을 알 수 없는 답변.

하나 기도를 올린 보람이 없진 않았다.

비록 해답은 듣지 못했지만 다른 신탁을 받을 수 있었으니까.

엘레자르가 오른손을 들었다.

"테스라낙께서 이를 우리 손에 붙이셨습니다."

칠흑의 정육면체가 윤기 나는 어둠을 허공에 선보였다.

레번이 놀라 물었다.

"역시공 초월체? 설마 뎀피스나 말로카를 찾은 겁니까?"

"아닙니다."

고개를 저으며 엘레자르가 말을 이었다.

"이는 테스라낙께서 안배하신 새로운 역시공 초월체입니다."

레번의 표정이 밝아졌다.

"테스라낙께서 미래에서 과거로 역시공 초월체를 보낼 방법을 찾으셨단 소리군요!"

"그렇겠지요."

"그렇다면 왜 우리에게는 말씀해 주시지 않았을까요?"

"모릅니다. 그분께선 의문을 허락하지 않으셨어요."

이번엔 레번도 이상하게 여기지 않았다.

"테스라낙 님답군요. 항상 그런 식이시긴 했지요."

테스라낙은 워낙 수하들에게 속내를 드러내 보이지 않기에, 부하들끼리도 서로 정보를 교환해야 할 정도다.

레번이 차분히 질문을 이었다.

"정리해 보자면, 두 분은 앞으로도 제국을 떠날 수 없단 말이죠?"

"네, 그렇지요."

"테스라낙께서 다시 신탁을 내리시기 전까진 말이오."

엘레자르와 드렐타인을 보며 레번이 자신을 가리켰다.

"그렇다면 저는?"

저 둘은 제국을 벗어나는 것이 금지되었다.

하지만 에밀 속의 레번은 현재 스트라우스 가문에 머물고 있다. 이미 제국에서 벗어나 있는 상태란 소리다.

"제겐 어떤 말씀도 없으셨습니까?"

"없었습니다."

엘레자르의 답변에 레번의 눈동자가 이채를 띠었다.

그녀의 대답은 지나치게 빠르고 단호했다. 애매한 부분이 느껴지지 않았다.

"이미 확인해 보셨나 보군요."

"여쭈었으나, 답이 없으셨습니다."

이미 테스라낙에게 레번의 행보까지 확인을 구한 것이다.

그 결과가 바로 무응답.

"그렇다면, 제가 그자들을 처리하는 건 테스라낙께서도 허락하셨다는 의미로 받아들여도 되겠군요."

근심 어린 표정으로 드렐타인이 물었다.

"가능하겠소, 레번 경? 그대는 아직 이 시대의 진짜 육체를 확보하지 못했잖소?"

문득 미래 레번이 미소를 지었다.

"그러고 보니 그대들은 아직 모르고 있겠군요."

그는 더 이상 현세 레번의 육체에 관심이 없었다.

"저는 이미 무왕의 힘을 되찾았습니다."

제스트라드 저택의 비밀 연무장.

카르나크 일행 전원이 모여 라피셀을 바라보고 있었다.

"라피셀."

"네, 세라티 언니."

평소와 다른 분위기에 라피셀이 눈치를 슬슬 보았다.

'왜들 이러시지?'

세라티가 잔잔한 어조로 말을 이었다.

"이제부터 네게 카르나크 님이 힘을 부여해 주실 거란다."

그제야 라피셀의 표정이 풀렸다. 왜들 이러는지 이유를 안 것이다.

잿빛 머리 소녀가 태연하게 반문했다.

"아, 다른 분들이 얻은 그거요?"

"이미 알고 있었니?"

"뭔가 있다는 정도만요. 뭔지는 몰랐어요."

다들 표정을 열심히 관리했다. 경악한 티를 내지 않기 위해서였다.

'……무서운 아이!'

표정 관리는 성공적이었던 듯했다.

라피셀이 천진난만한 목소리로 말을 이었다.

"어른들이 먼저 연습해 보고 저한테 가르쳐 주시는구나 싶었는데요."

바로스와 레번이 어색하게 고개를 끄덕였다.

"그, 그렇지."

"응, 그런 거란다."

그러는 동안 카르나크의 준비가 끝났다.

그가 연무장 한편에 마련된 복잡한 문양의 원진을 가리켰다.

"마법진 안으로 들어가렴."

바로스와 세라티, 레번에게 있었던 일이 되풀이되었다.

역시공 초월체로부터 방대한 마력이 혼돈투기로 변화되어 라피셀의 작은 신체로 스며든다. 막대한 권능이 폭포처럼 머리부터 발끝까지 쏟아진다.

잠깐 황홀경에 빠진 라피셀의 볼이 발그레하게 물들었다.

하지만 그녀는 이내 침착함을 되찾았다.

소녀의 전신을 살피며 카르나크가 물었다.

"어떠냐? 혹시 이상한 느낌은 없고?"

이미 세 번이나 실험해 보았으니 부작용이 없다는 건 알지만, 그래도 확인해서 나쁠 건 없다.

양손을 내려다보며 라피셀이 감탄을 흘렸다.

"엄청나군요……."

그리고 이내 긴장한 얼굴로 체내의 오러를 움직여 보기 시작했다.

기억이 없다 해도 경지와 재능이 사라지는 것은 아니다. 본능적으로 다음 단계가 있다는 걸 알고 나아가려 한다.

하지만 아무리 라피셀이라도 곧바로 새로운 길을 열 순 없었다.

의문이 생긴 대부분의 아이들이 그러하듯, 소녀가 어른들을 돌아보았다.

"이제 어떻게 해야 하나요?"

다시 한번 표정을 관리한 뒤, 근엄한 목소리로 바로스가 대꾸했다.

"여기서부터는 스스로의 깨달음이 필요하단다, 라피셀."

못지않게 진지한 얼굴로 세라티도 첨언했다.

"남들이 가르쳐 줄 수 없는 영역이거든."

"그렇군요!"

충분히 납득할 수 있었다.

무릇 무술의 감각을 언어로 옮기는 것은 지극히 지난한 행위이며, 그 수준이 높을수록 더더욱 어려워지는 법.

양 주먹을 귀엽게 움켜쥐며 잿빛 머리 소녀가 각오를 다졌다.

"열심히 할게요!"

그 광경을 지켜보며 바로스와 세라티, 레번은 살짝 얼굴을 돌렸다.

차마 뻔뻔하게 저 순진한 얼굴을 마주할 수가 없었다.

하지만 어쩔 수 없는 일이었다. 사실대로 라피셀에게 말해 줄 순 없는 것이다.

만약 이렇게 말해 버린다면?

-우리도 방법을 몰라. 하지만 넌 방법을 찾을 수도 있지. 일단 해 봐.

라피셀은 정말로 방법을 찾을 것이다. 그리고 의아해하겠지.

—바로스 오빠나 레번 오빠, 세라티 언니조차도 못하는 걸 난 왜 이렇게 쉽게 해 버리는 거지?

괜히 기억 건드릴 일은 최대한 피하는 게 좋다. 전부 라피셀을 위한 것이다.

카르나크가 전언으로 감탄을 흘렸다.

[이야, 구렁이 담 넘어가듯 거짓말을 술술 하는 것이 실로 나를 보는 듯하구나!]

세라티가 발끈했다.

[너무해요! 물론 우리가 뻔뻔한 건 사실이지만 그렇게 심한 욕을?]

[……잠깐? 심한 욕이라니? 오히려 네가 너무한 것 아니냐?]

이틀 뒤, 라피셀이 카르나크 일행을 다시 찾았다.

붉은 투기검을 뽑아 들고 의기양양한 표정을 짓는다.

"됐어요!"

지켜보는 세라티와 레번의 표정이 묘하게 변했다.

확실히 라피셀의 오러양은 눈에 띄게 증폭되어 있었다.

[어, 됐네요.]

[진짜로?]

할 수 있을 줄은 알았지만, 고작 이틀밖에 안 걸릴 줄은 몰랐다.

[아니, 대체 저런 천재를 전생 땐 무슨 수로 이기신 겁니까?]

어이없어하는 레번의 의문에 카르나크와 바로스가 피식 웃었다.

[무슨 '수'로라…….]

[실제로 수 싸움으로는 못 이겼어요. 대신 압도적인 힘으로 짓눌렀죠.]

어쨌든, 미리 짠 대로 세라티가 연기를 시작했다.

"잘되니?"

"네, 이제 겨우 시작이지만, 그래도 혼돈투기 일부를 녹여서 저만의 오러와 합일시킬 수 있었어요!"

일단 칭찬해 준다.

"훌륭하구나."

그리고 태연하게 말을 잇는다.

"그래도 확인은 해야지, 정말 올바른 길을 걷고 있는지."

짐짓 스승다운 모습을 보이며 세라티가 물었다.

"어떤 식으로 오러를 움직였니?"

"그러니까……."

라피셀이 열심히 자신이 깨달은 심득을 떠들어 댔다.

그래서 이 자리의 다른 오러 유저들은 다시 한번 열심히 표정을 관리해야 했다.

여기서 또 경악한 티를 내면 안 되는 것이다.

[그렇군!]

[그렇게 하는 거였군요!]

바로스와 레번은 바로 이해했고…….

[전 나중에 따로 알려 주세요.]

이번에도 세라티는 못 알아들었다.

뭐, 슬슬 익숙해져서 자괴감도 딱히 들지 않지만.

설명을 마친 라피셀이 초롱초롱한 눈으로 세라티를 올려다보았다.

"저, 잘한 건가요, 언니?"

'몰라. 내가 그걸 어떻게 알아?'

속으론 혀를 차면서도 겉으로는 스승다운 온화한 모습을 유지한다.

"잘했어. 계속 정진하렴."

"에헤헤헤."

기쁜 듯 웃는 라피셀과 다른 이들을 번갈아 보며 카르나크가 혀를 찼다.

[우와, 치사한 어른들.]

[할 수 없잖아요! 라피셀에게 사실을 말해 줄 수도 없는 노릇인데.]

요령을 알고 나니 바로스와 레번도 이내 혼돈투기와 기존의 오러를 합일시키는 데 성공했다.

저들보다 하루 정도 늦긴 했지만 세라티 역시 성공했다.

주위에 괴물들밖에 없어서 그렇지, 세라티도 남들이 보기엔 질투와 시기로 눈이 멀 만큼 출중한 재능의 소유자인 것이다.

그렇게 한동안 두문불출하고 혼돈투기를 녹여 내는 데만 집중했다.

그리고 열흘 뒤.

여전히 비밀 연무장에서 수행 중이던 라피셀이 갑자기 방대한 기운을 토해 내기 시작했다.

우우우웅!

광풍이 불며 투기가 사방으로 퍼지더니, 이내 다시 한 점으로 수렴되며 찬란한 광채로 바뀐다.

창공을 연상케 하는 아름다운 푸른 빛이 그녀의 칼날 위를 덮어 갔다.

라피셀이 멍하니 중얼거렸다.

"어머, 됐다……."

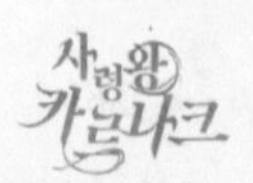

청색의 오러, 블루 나이트의 경지였다.

옆에서 지켜보던 바로스와 세라티가 축하를 건넸다.

"축하한다."

"드디어 첫 번째 경지를 뚫었구나."

라피셀은 흥분을 가라앉혔다.

딱히 놀란 표정들이 아니었다. 그냥 저럴 줄 알았다는 반응이다.

'역시 이 정도는 다들 하는 건가?'

투기를 거둔 뒤 라피셀이 바로스를 돌아보았다.

"오빠는요?"

"나도 뭐, 슬슬 될 것 같아."

태연하게 바로스가 검을 떨쳤다.

부웅!

검풍과 함께 찬란한 보랏빛 오러가 칼날을 휘감았다.

그렇다. 바로스 역시 벽을 뚫고 자색급의 경지에 오른 것이다.

아니, 사실 벽 같은 건 원래 없었으니 그냥 될 놈이 또 됐다가 정답이리라.

'혼돈투기만 다 녹이면 되는 일이니 애초에 어렵지도 않지.'

자색의 투기검을 살살 휘둘러 보며 바로스가 심드렁하게 말을 이었다.

"레번 경도 조만간 뚫을 것 같고."

과연, 다음 날 바로 소식이 있었다.

"오오! 성공이다!"

푸른 투기검을 쥔 채 레번은 흥분해 날뛰었다.

"드디어 청색급이 되었어!"

경지의 벽을 넘는 것은 모든 오러 유저의 숙원 중 하나이며 그때 오는 고양감과 성취감은 실로 엄청나다.

또한 레번은 이제 고작 20대의 앳된 젊은이, 그러므로 그가 저런 모습을 보이는 것은 전혀 이상한 일이 아니다.

그럼에도 바로스는 푸른 오러를 감싼 작은 소녀를 가리키며 한마디 할 수밖에 없었다.

[애 보기 부끄럽지 않습니까?]

어린 라피셀도 저리 태연한데 성인인 레번이 그리 호들갑을 떨어도 되겠냐는 질문이었다.

레번은 당당히 자신에게 그럴 자격이 있음을 피력했다.

[여기서 제가 제일 어린데요?]

[어, 그런가?]

생각해 보니 맞는 말이었다.

세라티 빼곤 다들 겉모습과 달리 영혼이 좀 오래 묵어서 말이지.

[그래도 조심은 해 주세요. 라피셀이 이상하게 생각하면 곤란합니다.]

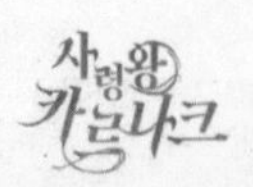

[네.]

하여튼 기쁜 일이었다.

특히나 어릴 때부터 에밀과 비교되었던 레번은 더더욱 그랬다.

이제야 그 역시 스트라우스의 이름에 부끄럽지 않은 경지에 오른 것이다.

간신히 흥분을 가라앉힌 뒤, 문득 레번은 옆을 돌아보았다.

'그러고 보니 세라티 경은 어떻게 됐지?'

붉은 머리의 미녀가 연무장 한가운데 서서 호흡을 고른다.

가벼운 숨소리가 공기를 흔들 때마다 강렬한 투기가 일렁인다.

일렁이는 오러가 요동칠 때마다 보이지 않는 파문이 사방으로 퍼지고 또 퍼진다.

웅웅웅웅!

그렇게 사방으로 오러의 파동을 뿌려 댄 뒤, 세라티는 천천히 기운을 가라앉혔다. 그리고 부드럽게 웃었다.

"이야, 오러가 넘쳐흐르네."

카르나크에게 수여받은 혼돈투기는 이제 그녀의 것이 되

었다.

스스로 쌓아 올린 오러와 구별이 가지 않을 정도로 전신을 자연스럽게 흐르고 있다.

"이 정도면 청색급 중에선 최강이겠는데?"

결국 그녀는 자색급의 경지에 오를 수 없었다.

오러양은 충분하지만 뭔가 부족했다. 그것이 기량인지, 경험인지, 재능인지는 모르겠지만.

하지만 세라티는 실망한 기색을 보이지 않았다.

"괜찮아. 하다 보면 언젠가는 되겠지."

시기, 질투는 때론 좋은 원동력이 된다. 타인의 성장을 보고 자극받아 스스로의 한계를 극복하는 이야기는 꽤나 흔하다.

평소 게으름을 피우던 이들의 경우엔 말이지.

그러나 세라티는 이미 충분히 노력하고 있었다.

그런 그녀가 남들을 시기, 질투해 봐야 딱히 얻는 것은 없다. 그저 포기하지 않고 꾸준히 나아가면 그것으로 족할 뿐.

포기인지 해탈인지는 모르겠지만 그녀는 느긋함을 배웠다.

'그리고 솔직히, 지금도 나쁘지 않잖아?'

퍼플 나이트의 경지라면 무려 에란텔 단장과 동급이다.

7왕국 연합을 통틀어도 금검기는 단 1명, 무왕 갤러드뿐이며 실버 나이트조차 고작 4명.

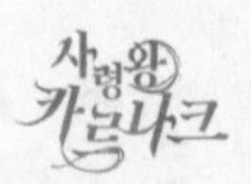

자색급의 경지라면 명실공히 7왕국 연합의 최강자 반열에 오른다는 의미인 것이다.

이제 겨우 20대 중반인 세라티의 나이에 가능한 일이 아니다.

초조한 건 좋다.

하지만 그건 스스로를 독려하는 방책의 하나로만 쓰여야 한다.

마음을 차분히 가라앉히며 세라티는 자신이 지닌 것, 깨달은 것에만 집중했다.

투기검을 휘두르며 오러를 점검하는 그녀의 모습은 라피셀의 두 눈에도 똑똑히 보였다.

'어머? 어쩐지 언니가 바로스 오빠 같아졌네.'

소녀의 두 눈동자에 이채가 돌았다.

'뭐가 비슷한지는 잘 모르겠지만.'

모두의 성과에 카르나크는 크게 기뻐했다.

"만족스러운 결과로군."

이걸로 그는 휘하에 자색급 오러 유저 하나, 청색급 오러 유저 셋을 두게 되었다.

이 정도면 슬슬 7왕국 연합 내에서도 손에 꼽히는 강력한 무력 집단이다.

게다가 바로스에겐 그 이상의 능력도 있지.

"그럼 이제 오버하면 실버 나이트까진 되냐?"

"뭐, 그럭저럭요."

바로스가 오른손을 살짝 들어 올렸다.

보랏빛 오러가 손날에 맺혔다. 그리고 이내 거친 흐름을 타고 색을 바꿨다.

부웅!

찬란한 은빛 오러가 그의 오른손을 물들였다. 실버 나이트의 경지였다.

회귀한 지 고작 몇 년 만에 이룬 것치곤 꽤나 대단한 일이지만, 바로스의 어조는 심드렁했다.

"아직도 예전에 비하면 많이 모자라지만요."

고개를 끄덕이며 카르나크가 다른 질문을 던졌다.

"라피셀이랑 레번은?"

"그 둘이라도 이것까진 무리인 것 같더라고요."

바로스가, 그리고 어른 라피셀이 선보이는 일명 '경지 올리기'는 엄밀히 말해서 오러의 경지를 올리는 것이 아니다.

오히려 반대. 일부러 경지를 낮춰서 오러 소모량을 줄이는 기술이지.

이미 무왕급까지 도달한 이들의 힘 조절 방식이, 오러양이 부족한 지금은 제 실력 이상으로 경지를 올리는 기술처럼 되

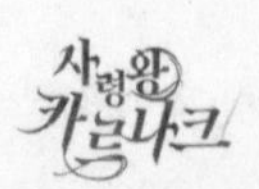

어 버렸을 뿐이다.

그래서 레번에겐 불가능한 일이었다.

현세의 레번은 무왕이었던 적이 없다. 그에겐 청색급의 경지조차도 생애 최초다.

"레번이야 그렇다 치고, 라피셀도?"

기억만 잃었을 뿐이지 어린 라피셀 역시 본질은 시프라스의 무왕이다.

"아마 연습 좀 하면 가능하지 않을까요? 그런데 이 감각을 어떻게 설명해야 할지는 저도 잘 몰라서."

"하긴, 보고 따라 할 수 있는 수준이었으면 진작 했겠군."

제덱스와 싸울 때 이미 바로스는 저 '경지 조절 수법'을 선보였다.

가능한 일이었다면 당시 라피셀도 따라 할 수 있었을 것이다.

"그럼 세라티만 아직 벽을 못 뚫은 거네?"

"실은 그쪽이 정상입니다. 우리가 비정상이죠. 그리고 같은 청색급이라도 오러양은 월등히 높으니 여전히 세라티 경이 레번 경과 라피셀보다 강합니다."

"그렇군."

만족해하는 카르나크를 향해 바로스가 문득 물었다.

"그런데, 저희한테 혼돈투기 부여하느라 역시공 초월체의 마력을 너무 쓰신 거 아닙니까?"

"그 정도는 아니야."

카르나크가 수하들에게 부여한 혼돈마력은 역시공 초월체 1개의 절반 정도에 불과했다.

물론 불과라는 표현을 쓰기에는 지나치게 방대한 양이긴 하다.

그러나 그에겐 역시공 초월체가 3개나 있는 것이다.

그것도 셀라스 대신전의 협조(?) 덕분에 완전히 충전한 마력체들이.

"마력의 여유는 아직 많아. 다만 곧바로 또 혼돈투기를 부여할 순 없겠군."

"그렇죠. 합일시키긴 했지만, 그걸 또 완전히 저희 것으로 만든 건 아니니까요."

적당히 쓰면 약이지만 과용하면 독인 법.

혼돈투기 역시 같았다.

혼돈투기를 합일시켜 전체 오러양이 늘긴 했지만 그만큼 순도가 낮다. 여기서 또 혼돈투기를 부여받으면 체내에서 부작용을 일으킨다.

당장 혼돈투기를 더 때려 부어 바로스를 곧바로 무왕급으로 만들거나 할 순 없단 소리다.

적어도 지금 합일시킨 모든 기운을 완벽하게 자신의 것으로 만든 후에야, 다시 혼돈투기를 부여받을 수 있을 것이다.

"그게 언제쯤 될 것 같아?"

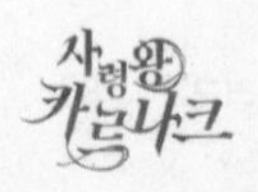

"해 보기 전엔 모르죠. 남들보다야 월등히 빠르겠지만."

카르나크는 머릿속으로 현 일행의 전력과 검은 신의 교단 전력을 비교해 보았다. 그리고 안도의 한숨을 쉬었다.

"그래도 이 정도면 엘레자르나 드렐타인이 나타나도 도망 정도는 칠 수 있겠군."

바로스가 안색을 굳혔다.

"아직은 무리 아닐까요? 10서클과 금검의 경지는 역시 만만찮아요."

"그렇기는 한데……."

카르나크가 빙그레 웃으며 오른손을 들었다. 그의 손아귀에서 희미한 영기가 피어올랐다.

"나도 슬슬 8서클에 입문했거든."

제스트라드 남작령과 데벤토르 자작령의 경계에 위치한 어느 숲.

깊은 숲속의 한 개울가에 한 무리의 남녀가 서 있었다.

라피셀을 저택에 놔두고 몰래 출타한 카르나크 일행이었다.

양손을 높이 들고 카르나크가 주문을 외운다.

"일어나라, 세상을 흐르는 자들이여……."

그의 목걸이에서 방대한 마력이 흘러들어 오기 시작했다.

역시공 초월체는 형태를 재구성할 수 없다. 주사위에 구멍을 뚫거나 할 수는 없다는 소리다.

그래서 카르나크는 육각면체의 금속제 테두리를 만들고 거기에 3개의 역시공 초월체를 끼워 목걸이로 만든 뒤 걸었다.

그간 마법 쓸 때마다 매번 꺼내 손에 쥐는 것도 슬슬 귀찮아졌다.

게다가 정신없이 싸우다 보면 자칫 품에서 꺼낼 틈이 없을 수도 있다.

하지만 이렇게 해 놓으면 항상 신체 일부와 붙어 있으니, 원할 때 언제든 사전 동작 없이 곧바로 혼돈마력을 뽑아 쓰는 것이 가능해진다.

방대한 마력을 바탕으로 카르나크가 주문을 이어 갔다.

"산들에 춤추는 바람, 달빛이 비치는 물결, 타오르는 불의 노래, 뿌리내린 이들의 수호자……."

주위에서 거대한 짐승 형태의 정령, 환상수들이 하나둘 모습을 드러낸다.

8서클의 정령 소환 마법이었다.

역시공 초월체의 마력 덕분에 진도를 크게 앞당겨, 그 역시 8서클의 종사자가 된 것이다.

마침내 주문이 끝났다.

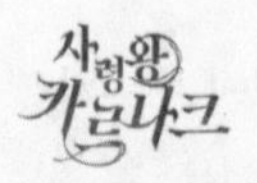

카르나크가 마지막 시동어를 외쳤다.

"마령술, 엘리멘탈 어보미네이션!"

네 마리의 환상수가 허공에서 뒤섞이며 하나가 되었다. 그리고 자연스럽게 거대한 정령 키메라로 변했다.

카르나크의 입가에 의기양양한 미소가 떠올랐다.

"성공이군."

풍기는 기운만으로도, 7서클 시절 사용했던 정령 연속 소환보다 한 단계 위의 파괴력을 지녔음이 확실하다.

지켜보던 바로스며 세라티, 레번도 마법의 위력에 대해선 전혀 토를 달지 않았다.

대신 다른 부분을 짚었다.

"다 좋은데 이름이 좀……."

"꼭 마법에 흉물이라는 이름을 붙여야 합니까?"

"사령술사라고 티 내는 것도 아니고."

아차 싶어 카르나크가 뒷머리를 긁었다.

"아, 그러네? 그냥 어보미네이션 창조술을 응용한 거라 아무 생각 없이 갖다 붙였는데."

이름이야 나중에 바꾸면 그만이고, 이 마법의 중요한 점은 따로 있다.

이번엔 특별히 합일시킬 때 정령들의 상태에 신경을 썼다. 그래서 고통에 찬 비명 같은 것도 없었다.

남들 앞에서 당당히 써도 수상쩍게 보이지 않는 것이다.

"누가 봐도 준수한 마법사로 보겠지, 나?"

싱글벙글 웃으며 카르나크는 목걸이를 매만졌다.

점점 더 사령술사에서 멀어져 가는 것 같아 기분이 좋다.

그런 그를 향해 레번이 조심히 물었다.

"궁금한 게 있는데 말입니다, 카르나크 님."

"뭔데?"

"사령력을 마력으로 바꾼 것이 혼돈마력이라 하셨죠? 그럼 혼돈마력을 사령력으로 되돌릴 수도 있습니까?"

"혼돈마력을 다시 사령력으로 바꾼다라……."

레번의 질문에 카르나크가 묘한 표정을 지었다.

"그건 굳이 할 생각을 안 해 보긴 했는데."

애초에 사령술을 멀리하고자 시공 회귀까지 한 몸이다.

막상 회귀하고 나니 시절이 어째 하 수상해서 야금야금 사령술을 도로 가까이하는 처지가 되긴 했지만, 그렇다고 멀리하고 싶다는 생각 자체가 바뀌진 않았다.

"혼돈마력과 다르게, 사령력은 쓸수록 몸이 곯거든."

곯는다는 표현은 굉장히 온건한 편에 가깝다.

정확히는 점점 육체가 죽어 가며 언데드의 그것으로 바뀐다.

실제로 아스트라 슈나프가 되기 직전의 카르나크는 이미 신체에서 살아 있는 부분이 20퍼센트 남짓밖에 되지 않았었다.

"거의 숨만 쉬는 시체에 가까웠지, 당시엔."

옆에서 바로스도 고개를 끄덕였다.

"그래서 당시 우리가 미련 없이 생육신을 버린 거였죠. 이미 맛이 갈 대로 간 육체였으니까."

그 역시 지금 상태에서 곧바로 데스 나이트로 변하라고 하면 솔직히 받아들일 자신이 없다.

당시에야 다크 나이트 시절이 길다 보니 몸이 반쯤 죽은 상태라 별로 억울할 게 없었지만, 지금은 100퍼센트 살아 있는 몸이거든.

"레번, 너 같아도 지금 상태에서 곧바로 해골 되라고 하면 아무리 목숨이 간당간당해도 쉽게 받아들이진 않겠지?"

레번이 어이없어하며 물었다.

"아니, 어쩌다가 그 지경까지 가신 건데요?"

"누누이 말했잖아. 이 정도는 괜찮겠지 하면서 시간 지나고 나니까 어느새 그렇게 되어 있더라고."

이런 이유로, 혼돈마력이라는 만족스러운 대체재가 있는 지금의 카르나크에게 사령력은 전혀 매력적인 권능이 아니다.

하지만 그간 사령력이 부족해서 위험했던 적이 없었냐 하면 그것도 아니긴 했다.

모름지기 비장의 한 수는 많을수록 좋은 법.

엘레자르나 드렐타인이 쳐들어와도 도망칠 정도는 된다곤 했지만, 이는 어디까지나 저들이 각자 쳐들어왔을 때의 이야기다.

혹여 엘레자르와 드렐타인이, 아니면 미래 레번까지 셋이서 손잡고 쳐들어온다면?

이제까지야 그러지 않았지만 앞으로도 그러지 않으리란 보장은 없다.

'현혹, 속임수, 도주 같은 치사한 수법은 아무래도 마법이 사령술을 못 따라가지.'

턱을 괸 채 카르나크는 고민에 빠졌다.

'일단 방법만이라도 연구해 놓을까?'

영지에 머무른 지 40일째.

바로스와 세라티, 그리고 라피셀과 레번은 꾸준히 수행에 매진했다.

휴식과 훈련을 병행하며 새로운 경지에 적응하고 오러의 순도를 높이는 것이다.

카르나크 역시 8서클 마법을 계속 익히고 새로운 마령술을 창안하며 시간을 보냈다.

모든 것은 조만간 다가올 적과의 싸움을 위해서.

그는 검은 신의 교단이 본격적으로 자신을 노릴 것임을 예측하고 있었다.

카르나크가 암흑교단에 준 피해가 어디 한둘이어야지?

심지어 얼마 전엔 3성인 중 1명인 제덱스까지 해치워 버렸다.

가장 큰 문제는, 슬슬 역시공 초월체가 카르나크의 손아귀에 들어갔다는 사실이 저쪽에도 알려졌을 것이란 점이었다.

뎀피스 때만 해도 미처 몰랐을 수 있다.

하지만 말로카와의 전투가 있었고, 황혼교가 설치며 4대 리치가 모습을 드러냈으니 이러고도 눈치 못 채길 바라는 건 너무 큰 욕심이다.

역시공 초월체는 테스라낙의 계획을 이행하기 위한 가장 중요한 톱니바퀴 중 하나.

저들이 이대로 손 놓고 있을 리는 절대 없다.

그렇다면 과연 어떤 식으로 나올까?

"몇 가지, 상상할 수 있는 시나리오가 있다."

사각거리는 얼음을 떠먹으며 카르나크가 입을 열었다.

"첫 번째는 엘레자르와 드렐타인, 미래 레번이 한꺼번에 나타나서 날 처리하려 드는 것이겠지."

빙수에 시럽을 마저 뿌리며 바로스가 혀를 찼다.

"그건 정말 승산이 없겠는뎁쇼."

대마법사 1명에 무왕 2명이 동시에 덤빈다?

도망이라도 제대로 치면 천우신조일 것이다.

"그래도 이건 대비해 놨어. 영지 내에서라면 도주 정도는 할 수 있겠지.”

이미 카르나크는 영지 곳곳에 다양한 마법과 사령결계를 깔아 철저한 준비를 해 놓았다.

그가 일부러 이곳, 제스트라드 영지로 온 이유가 이것이다.

인구가 많고 복잡한 도시 쪽이 얼핏 도주하기 편해 보이긴 한다.

하지만 이는 어디까지나 일반인 기준의 이야기다.

일격에 수십 채의 건물도 날릴 수 있는 절대 강자가 상대라면 인파 속에 숨는 건 그리 좋은 선택이 아니다.

특히나 상대가 인파와 목표를 한꺼번에 불태울 수 있는 잔혹한 성격의 소유자라면 더더욱 그렇다.

“대마법사 엘레자르는 그런 성정이 아니었지만, 테스라낙의 수하인 엘레자르라면 충분히 그럴 수 있겠지.”

그런 절대 강자를 상대로 훌륭하게 도주하려면 그만큼 훌륭한 대비가 필요하고, 그런 대비는 도시에선 할 수 없다.

곳곳에 여신교가 눈을 번득이는데 사령결계를 깔아 댈 순 없잖아?

하지만 자신의 영지인 이곳이라면 가능한 것이다.

빙수 위에 올린 체리를 입에 쏙 넣으며 레번도 동의를 표했다.

“확실히 이곳이라면 불필요한 인명 피해를 줄일 수 있을 겁니다.”

대륙 북쪽에 위치한 제스트라드 남작령은 그리 비옥한 토지가 아니다.

척박한 농경지는 풍년이 들어야 간신히 자급자족이 가능한 수준. 그래서 이곳에선 사냥과 채집도 중요한 산업 중 하나였다. 어쨌거나 숲 하나는 더럽게 넓거든.

제스트라드 남작령의 진짜 돈줄은 구리 광산이며, 그 광산은 영지에서 한참 떨어진 오지에 위치한다.

“그곳이라면 설령 전투가 벌어져도 영지의 피해는 경미하겠지요.”

레번의 말에 카르나크가 가볍게 첨언했다.

“게다가 구리 광산은 테카스 상단이 관리하고 있지.”

테카스 상단이라면 검은 신의 교단과 밀접한 관련이 있는 상회.

“그러니 설령 저들이 쳐들어온다 해도 구리 광산에 해가 되는 행동은 피할 거다.”

이미 자기들 손아귀에 들어온 재산이라 여길 테니 고스란히 가져가겠지.

“고스란히 가져가야, 고스란히 가져올 수 있는 법 아니겠어?”

앙금이 묻은 스푼을 쪽쪽 빨며 세라티가 물었다.

“그래서 일부러 광산 관리를 알타스 상회에 넘기지 않으신 거예요?"

"응."

알타스 상회가 담당하는 것은 주괴 운송 쪽이다. 움직이는 자들은 상대적으로 위기를 피하기도 쉽다.

"정말 저들이 손잡고 쳐들어온다면 영지고 뭐고 다 버리고 도망쳐야지. 그리고 숨어서 기회를 엿보는 수밖에."

두 번째 시나리오는 저들 중 1명만 카르나크를 찾아오는 것이었다.

"뭐, 이쪽이라도 일단 도망부터 쳐야 하는 건 변함이 없겠지만 말이지."

세라티가 의아해하며 물었다.

"영지에 함정 결계 많이 깔아 놓으셨다면서요?"

"그렇긴 한데, 상대가 무왕급이면 이야기가 달라지니까."

결계 설치가 공짜가 아니듯, 유지도 공짜가 아니다.

강력한 함정 결계는 그만큼 유지 보수에도 많은 공이 들어간다.

그래서 현재 영지에 설치한 장기적인 결계들은 대부분 도주를 위한 눈속임용이지 상대를 패퇴시키기 위함이 아니었다.

"도망은 똑같이 치는데, 그 후에 반격을 하기가 쉽단 소리야."

현재 카르나크에겐 유스틸 킹스 오더라는 대외적인 세력

과 황혼교라는 드러내지 못할 어둠의 세력이 있다.

일단 킹스 오더 및 여신교단 세력과 합류하면 엘레자르느나 드렐타인이라도 카르나크를 쉽게 상대하진 못할 터.

거기에 4대 총독까지 불러서 일제히 덤벼들면 대마법사 1명이나 무왕 1명 정도는 어떻게 처리할 수 있지 않을까?

"물론 이것도 어디까지나 탁상공론이고, 실제로 일이 터지면 상황 봐 가면서 계획은 조율해야겠지만 말이지."

세 번째 시나리오는 저쪽이 카르나크를 부르는 것이었다.

"도련님을 부른다고요?"

"응."

"부른다고 갈 인간도 아니시면서?"

이어진 바로스의 의문에 카르나크가 어깨를 으쓱였다.

"분명히 난 부른다고 갈 인간이 아니지. 하지만 저쪽이 과연 그렇게 여길까?"

대외적인 카르나크의 이미지가 과연 어떠한가?

사교도들의 악몽. 사령술사에 대한 무한한 증오를 품은 자.

심지어 상대가 사교도라면 다른 나라의 국민마저 차별 없이 구하며 이 모든 것을 아무 대가 없이 행하는 인류의 영웅.

"어쩐지 전생 때 라피셀이 들었던 평가 같네요, 그거."

"내가 생각해도 좀 웃기긴 한데, 어쩌다 보니 이렇게 되긴 했더라고."

검은 신의 교단 입장이라면 이렇게 판단할 수밖에 없지 않을까?

"뭔가 엄청난 사건을 터트리면, 나 역시 그쪽으로 향할 것이라 여기겠지."

카르나크가 실제로 저들의 뜻대로 움직일 거란 의미는 아니다. 하지만 저들 입장에선 그렇게 판단하고 움직일 것이란 소리다.

"개인적으로 가능성이 가장 높은 건 첫 번째라고 생각해."

반쯤 녹은 빙수를 마저 긁어 입에 넣은 뒤 카르나크가 말을 이었다.

"그래서 일부러 여기 처박힌 것이기도 하고."

하지만 두 번째나 세 번째일 경우라면?

"뭔가 내가 모르는 속사정이 저들에게 있는 걸지도 모르지. 아니면 이렇게까지 설치고 다니는데도 여전히 날 무시하고 있을지도 모르고."

바로스가 쓴웃음을 지었다.

"과연, 닥치기 전엔 모를 일이구만요."

대충 회의가 끝나자 다들 빙수 처리에 전력을 다하기 시작했다.

날이 꽤 더운 탓인지 빙수가 꽤나 잘 먹혔다.

"그나저나 이 빙수, 라피셀도 좀 갖다줘도 될까요?"

세라티의 요청에 카르나크가 눈을 흘겼다.

이미 여기 있는 빙수는 다 먹었다.

"나보고 얼음 하나 더 갈란 소리지?"

"애는 따돌려 놓고 우리끼리만 맛있는 것 먹고 있자니 양심이 아파서 말이죠."

제스트라드 남작령의 주인이자 영지의 유일한 마법사인, 그래서 유일하게 한여름에 얼음을 만들어 낼 수 있는 청년은 시큰둥한 표정을 지었다.

"얼음 추가로 만들어 줄 테니까 가는 건 알아서 해."

닷새가 더 지났다.

여전히 제스트라드 영지엔 아무 일도 일어나지 않았다.

오리 유저들은 차분히 수행에 매진하고, 카르나크도 마법 수련에 박차를 가했다.

오랜만에 맞이한 한가한 시간이었다.

그 한가함을 깨는 일이 벌어졌다.

"가주님, 손님이 오셨습니다."

"손님?"

"스트라우스 공작가 분들입니다."

노집사 타펠의 보고에 카르나크는 의아해했다.

'스트라우스? 레번에게 볼일이 있나?'

스트라우스 공작가가 스트라우스의 두 번째 후계자를 찾는 것이 뭐 그리 의아해할 일이겠냐마는, 카르나크는 알고 있는 것이다. 당대의 무왕 갤러드가 그의 둘째 아들에게 얼마나 관심이 없는지를.

어쨌든 손님이 왔으니 영주로서 맞이해야 한다.

접객의 홀로 향했다. 그곳엔 이미 5명의 기사들이 그를 기다리고 있었다.

그들의 복장을 본 카르나크는 한 번 더 의아해했다.

'요즘 스트라우스 가문의 재정이 많이 어려운가?'

다들 몰골이 좋지 않았다.

기사다운 갑옷도 없이 너덜너덜하고 더러운 여행복 차림, 머리카락은 헝클어졌고 수염도 멋대로 길러 지저분하다.

누가 봐도 곤혹을 치른 모습이었다.

순간적으로 진짜 스트라우스 가문의 기사가 맞긴 한 건지 의문도 들었다.

뭐, 일단 진짜이긴 한 듯했다.

소식을 듣고 접객의 홀로 달려온 레번이 이들을 바로 알아보았으니까.

"하이스 경! 안드렐 경! 테리온 경!"

너덜너덜한 기사들을 보며 레번이 놀라 중얼거렸다.

"아니, 대체 무슨 일이 있었기에……."

기사 중 1명이 눈시울을 붉히며 소리쳤다.

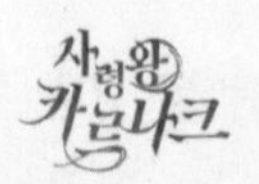

"레번 도련님!"

또 다른 1명이 이를 갈며 외침을 이었다.

"간악한 에밀 스트라우스가 반기를 들어 갤러드 가주님을 유폐시키고 가문을 장악했습니다!"

긴장한 얼굴로 세라티가 카르나크에게 전언을 보냈다.

[……세 번째 시나리오죠, 이거?]

대략 한 달쯤 전의 일이었다.

"갤러드 가주님께서 갑자기 쓰러지셨습니다."

스트라우스 가문의 기사, 하이스 경의 말에 레번이 믿을 수 없다는 표정을 지었다.

"……아버님께서 편찮으시다고?"

당대 델피아드의 무왕이 병으로 쓰러졌다고?

솔직히 납득이 가질 않는다.

과연 병은 아니었다.

이를 갈며 하이스 경이 말을 이었다.

"에밀의 짓입니다."

최근 들어 갤러드는 두문불출하며 오로지 에밀의 수행에만 매진하고 있었다.

스트라우스 공작가의 후계자, 에밀 스트라우스는 아직 20대 초반이었다. 젊다 못해 일견 어리다고 보아도 무방할 나이였다.

그럼에도 그는 현재 자색급의 오러 유저가 되었다.

이는 스트라우스 공작가뿐 아니라 7왕국 연합 전체의 경사나 다름없다.

이런 성장 속도라면 10년쯤 뒤엔 다섯 번째 무왕이 탄생할지도 모르지 않은가?

10년 뒤라 해도 갤러드는 한창 현역의 나이일 터.

7왕국 연합은 2명의 무왕을 보유하게 될 것이고, 제국에 비해 항상 뒤떨어졌던 연합의 자존심도 크게 채워지리라.

그래서 무왕 갤러드는 더더욱 혹독하게 에밀을 다그쳤다. 주로 두 사람이서만 비밀리에 수행을 하는 일이 잦았다.

그런데 한 달 전, 갑자기 에밀이 혼수상태가 된 갤러드를 끌고 나타나 선언한 것이다.

-아버님께서 쓰러지셨다. 이제부터 이 몸이 스트라우스의 가주다.

그리고 갤러드를 저택 한편에 유폐시킨 뒤 빠르게 가문을 장악해 갔다.

그때까지만 해도 스트라우스 가문의 가신들은 놀라고 당황하긴 했을지언정 에밀의 말에 별 의심을 하지 않았다.

아버지가 잠시 편찮으시니 아들이 임시로 집안을 맡겠다는 건 딱히 이상한 일이 아니니까.

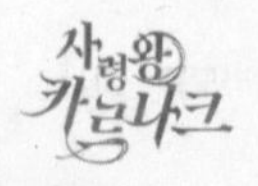

문제는 그다음이었다.

–이제부터 스트라우스 가문은 검은 신, 테스라낙 님을 섬긴다.

가문의 가신들은 아버지가 쓰러진 일로 에밀이 과한 충격을 받지 않았나 걱정했다.

그만큼 어처구니없는 발언이었다.

그런데, 이어진 상황은 더욱 어처구니가 없었다.

어느새 스트라우스 공작가 곳곳에 사교도들이 침투해 있었다.

기존의 가신들 중에도 검은 신의 교단에 홀려 타락한 이들이 한둘이 아니었다.

대체 언제 그런 시간적 여유가 있었는지 모르겠지만, 가문 내 많은 이들이 이미 에밀에게 복종하고 있었던 것이다.

돌아가는 상황에 기겁한 이들이 몰래 조사에 착수했고, 내막이 드러났다.

"에밀 그자가 갤러드 가주님을 중독시켰던 것이었습니다!"

"참으로 간악한 자입니다!"

"어찌 아버지에게 그런 패륜을!"

분노를 터트리는 기사들의 모습에 레번은 애매한 표정을

지었다.

'그야 진짜 에밀이 아니니까 그렇겠지만…….'

그 육체 안에 든 건 미래의 자신이다. 즉, 패륜을 저지른 건 마찬가지란 소리다.

"그런데 좀 이상하군. 아버지께선 독 정도에 당하실 분이 아니지 않나?"

"사교도들이 만든 특별한 어둠의 독이라 들었습니다. 정체까지는 미처 알아내지 못했습니다만."

보통은 이런 경우 독의 정체를 알아내는 데 상당한 수고를 들여야겠지만, 레번은 그렇게 하지 않았다.

그냥 물어보면 되거든.

[무왕에게도 통하는 독이 있어요?]

과연 바로 답변이 나왔다.

[없어. 있으면 내 팔자도 이보단 덜 사나웠겠지.]

[그럼 이건 뭡니까?]

[뒤에서 푹 찌른 다음에 사령술 건 것 아닐까? 그건 통하거든.]

[꼭 해 본 것처럼 말씀하시네요?]

[해 봤으니까, 델피아드의 무왕에게.]

[저희 아버지랑도 싸워 봤어요?]

[아니, 미래의 너.]

[…….]

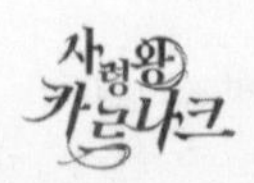

괜스레 등짝이 쑤시는 것 같아 레번이 인상을 썼다.

피식 웃은 뒤 카르나크가 전언을 이었다.

[믿어 의심치 않던 아들내미가 기습하는데 무왕인들 별수 있겠어? 부상당한 상태에서 사령술에 걸리면 독이랑 비슷한 효과가 나오지.]

하여튼, 내막을 파악한 이들은 에밀 스트라우스에게 반기를 들었다.

그 결과가 눈앞의 기사들이었다.

제대로 싸워 보기도 전에 패퇴해 대부분 죽임을 당하고 이 5명의 기사들만 간신히 도주, 레번 스트라우스가 머물고 있는 이곳 제스트라드 영지까지 온 것이다.

"가문의 전력 대부분은 에밀과 사교도들에게 장악되었습니다만……."

"무사히 탈출한 이들의 숫자도 적지 않을 겁니다."

"그들이라면 우리처럼 이곳을 찾아오겠지요."

기사들이 흥분해 외쳤다.

"갤러드 님을 구하고 가문을 되찾을 이는 레번 도련님밖에 없습니다!"

스트라우스의 기사들을 손님방으로 모신 뒤, 카르나크 일행은 따로 집무실에 모였다.

아직도 당황에서 벗어나지 못한 레번이 물었다.

"이제 어떻게 해야 하는 겁니까, 카르나크 님?"

이 사태가 그저, 아버지를 제거하면서까지 권력을 쥐고 싶어 하는 어리석은 젊은이가 저지른 짓이라면 딱히 고민할 것이 없다.

그냥 미친 형을 제거하고 아버지를 구출하는, 너무나 당연해 의심할 여지조차 없는 계획을 수립하면 되니까.

하지만 실상은 다르다.

현재 에밀 속에 들어 있는 것은 카르나크나 바로스와 마찬가지로 100년 넘게 살아온 레번 스트라우스의 영혼.

문득 카르나크는 조소를 흘렸다.

"물론 그 기나긴 인생 중 진짜 人生은 얼마 안 되지만 말이지."

데스 나이트는 人이라 할 수 없고, 그 삶을 生이라 할 수도 없다.

"하여튼 에밀 속 레번이 단순히 가문을 차지하겠다고 이런 짓을 저질렀을 리는 없다."

역시 유인책이다, 카르나크를 노린.

"덕분에 갤러드는 아직 무사하려나?"

심드렁한 그의 말에 레번이 의아해했다.

"어떻게 확신하십니까?"

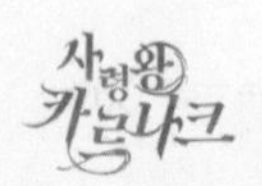

"당장 자네 가문 기사들만 봐도 알잖아."

스트라우스의 기사들은 갤러드가 혼수상태로 유폐되어 있다는 사실을 전혀 의심하지 않고 있었다.

"보통 이런 경우라면, 자신들이 도망칠 땐 가주님이 살아 있었지만 지금은 생사를 모른다, 뭐 이런 식으로 말하는 법이거든."

살아 있는 모습 자체는 여기저기 드러냈다는 의미였다.

일부러, 보란 듯이.

"이유도 쉽게 짐작이 가지."

인질은 무사할 때 가치가 있는 법이다.

무왕 갤러드가 죽어 버렸다면 카르나크 일행도 굳이 그를 구하러 갈 필요가 없다.

"죽여 놓고 살아 있는 척 위장하는 건 아니고요?"

"그럴 가능성도 있지. 그래서 일단 상황을 알아보긴 할 건데……."

자신이라면 그렇게 하진 않았을 거라며 카르나크는 고개를 저었다.

굳이 유인책이 아니더라도 스트라우스 가문을 손아귀에 쥐고 흔들려면 전 가주가 살아 있는 쪽이 여러모로 편하다.

"지금의 갤러드는 목숨만 붙어 있을 때가 가장 가치 있는 자원이니까."

옆에서 고개를 끄덕이던 세라티가 질문을 던졌다.

"그렇다 해도 이해가 안 가네요. 고작 우리를 유인하기 위해 이런 무모한 짓을 한단 말이에요?"

바로스가 반문했다.

"뭐가 무모한 짓입니까?"

"이거 말이에요."

에밀 속 레번은 스트라우스 가문이 검은 신의 교단과 한패라는 것을 전 세계에 공표해 버렸다.

"이러면 7왕국 전체에서 공격을 받겠죠?"

"그렇겠죠."

물론 스트라우스 가문의 성채는 높고 강인하다.

농성 시 엄청난 유리함을 안겨 줄 훌륭한 건축물임에는 틀림없다.

하지만 그렇다 해도 결국 성안에 갇혀 고립될 수밖에 없는 것이다.

사방이 적이 될 테니까.

"내내 성에 갇혀 있게 될 텐데, 결국 패할 것 아닌가요?"

"네?"

바로스의 표정이 더더욱 묘해졌다.

"든든한 성 안에 있는데 왜 패해요?"

자고로 공성전은 방어 측이 공격 측보다 몇 배는 더 유리하다.

"그야 단기 전투라면 그렇겠지만, 장기적으로 가면 보급

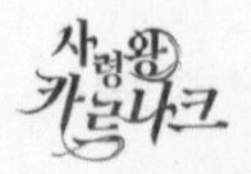

문제도 있고…….”

“아아…….”

이어진 세라티의 말에 바로스는 이제야 이해가 간다는 표정을 지었다.

“그건 전부 농성 측이 살아 있는 사람일 때의 이야기잖습니까?”

말로카와의 전투 때에도 확인했듯이, 언데드 군세는 보급 문제에서 상당히 자유롭다.

그런 탓에 성 안쪽에 포위당한 상태라도 별다른 문제가 생기지 않는다.

사령술사들이 먹을 것만 챙기면 되다 보니 숫자 대비 필요한 식량의 비율이 극히 낮은 것이다.

그리고 사령술사들이 먹을 것 정도는 포위당한 상태에서도 챙기는 것이 어렵지 않다.

아무리 철통같이 펼쳐 놓은 포위망이라도 깊은 밤에 소수의 인원이 들락거리는 것까지 전부 막을 순 없으며, 심지어 그 대상이 몰래 움직이는 데 특화된 사령술사라면 더더욱 그렇다.

“그리고 병력 증원도 언데드라면 별로 어려운 일이 아니죠.”

산 자의 군대라면 포위 상태가 길어질수록 성내의 전력이 어쩔 수 없이 줄어들게 된다.

하지만 언데드는?

어제 죽인 적들의 시체를 일으키면 오늘의 아군으로 만들 수 있다.

전투를 이어 간다 해서 반드시 전력이 줄어든다고만은 볼 수 없는 것이다.

"물론 언데드를 일으킬 사령술사의 숫자가 줄면 전력도 줄겠지만, 아까도 말했듯 소수의 사령술사는 몰래 포위망을 드나들 수 있으니까요."

검은 신의 교단 입장에서도 별로 불리할 게 없었다.

스트라우스 가문이라는 공적이 생겨서 7왕국 연합이 그쪽으로 대거 병력을 보낸다?

그럼 그만큼 자국 병력에 공백이 생긴다는 의미다.

후방의 암흑교단들은 훨씬 수월하게 활동할 수 있겠지.

"이에 대비해 도련님이 황혼교를 만들어 놓았으니 저쪽도 말처럼 쉽진 않겠지만, 어쨌든 쟤들 입장에선 충분히 승산이 있어서 하는 짓이란 소리죠."

카르나크가 주의를 환기시켰다.

"자, 이제 문제는 우리가 어떻게 움직일 것이냐로군."

적어도 엘레자르와 드렐타인이 손잡고 쳐들어온다는 최악의 상황은 면했다.

아마도 저들은 에밀 속 레번 1명만으로도 충분히 카르나크 일행을 감당할 수 있으리라 판단한 모양이다.

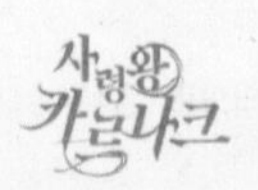

바로스가 그 이유를 입에 담았다.
"역시 저쪽 레번 경이 왕년의 힘을 되찾은 것 같죠?"
"그렇겠지."
에밀 속 레번이 다시 델피아드의 무왕이 되었다면 혼자서도 충분히 카르나크 일행을 몰살시킬 수 있을 테니까.
"승산이 없을까요, 그럼?"
"글쎄다? 우리도 단기간에 꽤 강해지긴 했잖아, 편법이지만."
카르나크는 생각에 잠겼다.
승산은 솔직히 반반이다. 하지만 이 기회를 놓치기도 아쉽다.
제스트라드 영지에서라면 도주 확률은 분명 커진다.
'하지만 적의 본거지로 쳐들어갈 경우엔 킹스 오더와 여신 교단의 힘도 빌릴 수 있지.'
도주 확률은 낮을지 몰라도, 승리할 확률은 이쪽이 높다.
물론 검은 신의 교단은 분명 함정을 파고 카르나크 일행을 맞이할 것이다.
그건 잘 안다.
'하지만 함정이란 건 일단 빠져나오기만 하면, 적의 턱 끝에 들이밀 수 있는 양날의 검이 되는 법.'
무엇보다, 앞으로 에밀 속 레번과 일대일로 마주할 기회가 또 올까, 과연?

"그나저나 계속 에밀 속 레번이라고 부르니 귀찮네. 그냥 에밀레번이라고 부를까?"

바로스가 고소를 머금었다.

어째 인신 공양 잘할 것 같은 이름이 되어 버렸다.

"합치니까 뉘앙스가 이상해지는구만요. 그냥 부르던 대로 부릅시다."

어쨌든, 카르나크는 한동안 고민에 잠겼다.

다른 이들도 조용히 그의 판단을 기다렸다.

"결정했다."

마침내 카르나크가 다시 입을 열었다.

"다들 스트라우스 성으로 갈 채비를 하도록."

다음 권으로 이어집니다

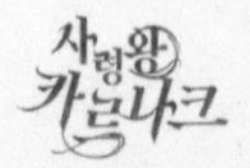

ROK
MEDIA
로크미디어

ROK
MEDIA
로크미디어